여름은 가도
나는 너를 잊지 못한다

시와소금 시인선 · 112

여름은 가도
나는 너를 잊지 못한다

박영미 시집

시와소금

▌박영미 약력

• 1971년 서울에서 태어나 이화여자대학교 의과대학을 졸업하고 내과 전문의가 되었다. 2001년 도미하여 미국 피츠버그 대학교와 클리블랜드 클리닉에서 근무하였다. Case Western Reserve 대학교에서 세포생물학 박사 학위를 받았으며 현재 이화여자대학교 의과대학 교수로 재직 중이다. 2020년《시와소금》봄호에 「겨울 식물원」과 「나비는 어디로」를 발표하며 등단하였다.

• 전자주소 : pym71@yahoo.com

"사라진 그러나 존재하는"

사라진 것들에 대한 그리움은 표현해내지 못한 슬픔이 되어 마음속에 쌓여갔다. 마음속에 말들이 있는 줄 모르고 살다가 어느 날 그 말들을 꺼내놓고는 시라고 이름 지었다.

나는 매일 사라진 것들의 이름을 부르면서 어딘가에는 존재하고 내 마음속에 살아있는 그들을 만나려 한다.

| 차례 |

| 시인의 말 |

제1부

제3부

제 **1** 부

봄 · 1

나뭇잎이 너처럼 재잘대더라
쪼끄맣고 예쁘디 예쁜
손가락 같은 팔랑임
얕은 바람에도 쌔액 쌕
눈망울은 빼꼼
그렇게 올라온 새싹 하나 둘 셋
꽃은 하얗게 피어 깔깔거린다
콧물을 닦아대며 재재거린다

너처럼

예쁜 봄이다

아기야

네가 왔구나

그리움의 미분 방정식

얇은 습자지를 대고 글씨를 쓰면 감춰졌던 글씨들이 살아나
유리창 밖의 풍경 같은 낱말들을 쓰게 된다

정신을 차리고 살려 해도 기억엔 늘 회빛이 감돈다
꿈은 언제나 느닷없이 찾아오지만
그려볼 길도 없이 까마득한 너를 나는 어찌 그리 태연히 만나
는지
낮에는 떠올릴 수도 없던 또렷한 모습으로 지워지지 않은 대
화를 이어갔다

시간을 뒤로 두고 앞으로 가는 게 미래가 아니라는 헛소리 같
은 물리학을 배울 때
내가 잊은 기억 속의 너는 어디 살고 있는지를 생각했다
천만 개 세상이 있어 나의 순간들이 모두 다른 세상 속에서
제각기 갈 길을 가고 있는 거라면
나는 슬퍼할 일도 그리워할 사람도 없다
나는 어느 세상에 아직 너와 함께 있다
대관절 그 문을 어찌 열었던 것일까

꿈에 비친 다른 세상 너와 나의 모습

그것이 습자지 위에 태어난 존재인지
습자지 밑의 우리 삶이었는지 알 수는 없다
형체가 없는 존재가 더욱 실존적이라는 괴담
시간을 미분하여 그리움을 소멸시킨 과학자는 노벨상을 탔다
던가
그렇다 나는 이제야 무릎을 치며 일어난다
그건 구원의 메시지
종교 같은 마법이었구나

운동화 인사

봄볕에 운동화 한 켤레를 내어둔다
꽃길을 뛴다면 얼마나 이쁠 것이냐
이 봄에 나섰어야 할 그 길이 있어
흰 볕을 손바닥에 모아 운동화에 담고
볕에 데워진 끈을 단단히 묶었다

이제 어디든 갈 수가 있어

잘 가라 인사를 할 수가 없다
신발끈을 묶어줄 수조차 없는 이별
맨발의 아이가 아무도 모르는 길을 갈 때
누가 어디 가느냐 묻고 동행해 준다면
나는 맨발로 뛰어나가 그를 향해 삼천배를 하리라

어딜 가나 친절한 이들은 있지 않나
그 길이라고 상냥하고 좋은 이가 없었을까나
살았을 적에 오지랖 넓다고 더러는 핀잔 듣던 마음 고운 이
그 길은 어느 쪽으로 열려있는지

어디로부터 오는지 알 수도 없는 꽃바람
가루처럼 쏟아지는 반짝이는 봄볕 속으로 들어가
운동화를 쥐고 엎드려 나는 큰절을 하고 또 하였다

먼 그리움

봄이 드는 아침에 산안개가 시리다
겨우내 산속에 무슨 일이 있었는지
마른 나무 추위에 얼어 어둠을 홀로 견딘 사연이야 알 길이
없다
아픈 마음이야 누가 볼까 가리며 살지 않나
가지 끝에 새순이 달릴 때까지
아무 것도 보이지 않았다
안개로 가리운 산속의 일이다

안개 속에 서서 눈물을 안개라 하였다
안개를 걷어내면 아득히 멀리 보일 것 같은 자욱한 그리움
언 땅의 물이 나무에 올라 가지 끝에 맺히면 비로소 꽃이 된다
꽃이란 본디 고통의 끝에 달리는 말쑥한 평온
안개가 걷히는 어느 날에
서럽도록 애잔한 속 드러낸 꽃씨는
머언 먼 그리움을 찾아 나무 속으로 산 속으로 사라져간다

산에 사는 아이

자작나무 바람에 피리소리 나면 웃어대거나

갈참나무 이파리 모아 바람에 날리며 뛰어놀거나

구름에 올라 이 산에서 저 산으로 날아

꽃 피면 꽃바람 타고 하루가 저무는지 모르고

밤에는 부엉이가 울어주니 외롭고 무섭지는 않겠는지

밤은 길지 않아 새벽이면 이슬도 찾아와

엄마 없는 산어귀에서 긴 잠을 자기도 하는지

산나무랑 들꽃이랑 어린 짐승들아 벗을 해다오

내 그곳에 갈 때까지만 어여쁜 산아이를 품어주어

간지럼도 태우고 입맞춤도 해주고 오래오래 이야기를 나누어
주렴

친구 제일 좋아하던 장난꾸러기

산이 좋아 산으로 간 그리운 아이

다시 돌아가는 길

이별한다는 건
대개 어디 먼 곳으로 가는 일이 아니라
살던 곳으로 다시 돌아오는 일이다

누군가를 만나 떠나는 길은
늘 미지의 세계로 열려있고
여행자는 내일로 미래로
새로운 시간을 쓰는 법이지만

동행을 끝내고 돌아오는 길은
허전하고 호젓하며 서러워 이내
과거도 현재도 미래도 아닌 시간에 내려
낯설어진 나의 살던 곳에 서서
낯설어진 나를 기억해내려 애쓰며

잠시 그리움에 고개를 묻고
다시 온 길을 돌아다본다

봄날

사라졌던 것들이
돌아오고 있다
긴 기다림의 상흔에
온통 간지러운
새살이 돋는다

기억을 되짚어
돌이킨다는 건
꽃이든 잎이든
제 속이 간지러워
웃을 일이다

세상 것 다 돌아오는
웃음보 터지는 날에
내 그리움은 어리석게도
나무 끝에 달려
봄바람 마중이니

어쩌면 봄날도 반푼이런가

슬픔엔 유통기한이 없다

그만 울어야 한다고 말한다
이제 잊어야 한다고 말한다
앞을 보고 걸으라고 말한다
다른 희망을 찾으라고 말한다

입을 꼭 다물고 숨소리가 새어나지 않도록 걸어다닌다
눈물을 속으로 삼키자면 음~ 끙~ 그런 소리가 날 것이다
숲 속에 가면 많은 것들이 있으니 하나쯤 버려도 모를 것이다
나무도 새도 흙도 풀도 그대로 있다 사는 데까지 사는 것이다

사람이 만든 것들은 모두 유통기한 따라 버려진다
유통기한이 지난 것은 믿을 수가 없는 것이다
도시에서는 사랑도 쉽게 버려지느니
유통기한이 지난 사랑처럼 가엾고도 비정한 것이 있을까

네 슬픔엔 왜 유통기한이 없느냐고
아니, 네 슬픔은 유통기한이 지났다고
수거함을 들고 달려드는 사람들에게 둘러싸였을 때

기한이 지난 슬픔은 저절로 사라졌다고
나는 슬프지 않다고 내가 우는 것을 보았느냐고
나는 눈을 동그랗게 뜨고 다그쳐 물었는데

그때 슬픔은 내 손을 잡으며 조용히 노숙자 같은 말을 하는
것이다
길이 집이라고 기한 없이 사는 데까지 사는 것이라고
나는 슬픔을 버릴 수 없어 숨기고
그를 잊을 수 없어 숨어 울고 또 울지만
그는 이미 그리움이라는 이름의 거창한 상표를 포장에 달아
매고 돌아누웠다
야바위 사기꾼같이

소 같은 남자의 사랑

왜 그러는지 모르지만
그는 되새김질을 하며 밥을 먹었다
한꺼번에 넘겨도 좋을 밥을 기어이 다시 올려
야금야금 조금만 삼켰다
오래오래 먹는 밥은 맛이 없겠지만
단 한 번도 배부르지 못할 그런 식사를
매일같이 공양하듯 챙겨먹었다

산처럼 많은 바람이라면
한번에 후욱하고 들이마시면 될 일이다
그 청량함에 어지러워 날아갈 일을 걱정할까
한쪽 콧구멍을 막고 반쪽뿐인 바람을 마시겠다고
애꿎은 콧방울만 아플 일인가

누군가를 사랑하면 설렐 일이다
몸이 달아 단숨에 내달려야할 그의 심장이
워-워-워-
생각에 사랑을 담금질하며

조금씩 되새기고 마지못해 반숟가락도 못될 것들을 넘겨
소화도 되지 못한 그것들은 어디선가
제 속을 부대끼게 할 터였다

그가 꿈벅꿈벅 되새김질을 하는 동안
소화되지 못한 그의 사랑이 말라가고
기다림에 지친 사랑이 떠나간 날
그는 그의 속 어딘가 숨어있던 사랑을 끝도 없이 게워냈다 그
러고는
꺽꺽 트림을 하며 끅끅 눈물을 흘리면서
아직도 남아 그의 위를 자극하는
속절없는 사랑을 되새겨 삼켰다
우물우물 다하지 못한 말을 하는 것도 같았다

그대의 달님방

달빛이 들던 그대의 방에 나도
달빛처럼 드나들 수 있었던 시절

그때는 또 올 수도 있다는 희망을 가지고
매번 여행지를 떠나 돌아왔습니다

가본 곳을 다시 간 적이 있을까
지도에 점을 찍어보아도 다시 점을 찍은 일은 없습니다

대관절 무얼 알아서 다시 볼 일이 없겠냐마는
간 곳을 다시 가지 못하는 것은 그곳에 날 기다리는 이가 없
기 때문인지

세상에 정말 이상한 일이란
그대의 부재를 확인한 순간이 언제나 그대를 재회한 순간이
라는 거

텅 비어버린 그대의 달님방에

달빛이 비치지 않기 때문에

또 올 수도 있다는 희망을 지우고
이제 매번 마지막 여행지를 갑니다

달님방은 잘 있습니다
내 마음 깊은 곳에

여우의 고백

너는 나를 꼬리 아홉 개 달린 여우라고 불렀다
나는 너를 아홉 개 꼬리로 칭칭 동여매어
들로 산으로 하늘로 휘익 휘익 날아오르고
밤마다 네 눈을 꺼내어 유리알처럼 들여다보고
까르륵까르륵 웃으며 너의 사랑을 낼름낼름 받아 먹었다

하지만 너는 갑자기 두려움에 휩싸여 멀어져갔다
너는 너가 누구인지 말할 수가 없는 혼돈 속에서
사랑은 책임지는 거란 아주 부담스럽기 짝이 없는 누군가의
속삭임을 들었을 것이다
너는 울면서 울면서 여우의 꼬리를 가만가만 풀었다

너는 울면서 이게 나를 위한 마지막 사랑이라는 마르지 않을
거짓말을 했지만
여우는 울고 또 울며 멀어져갔지만
풀어진 꼬리는 말라서 떨어지고
꼬리 없는 여우는 하늘을 날지 못해
저 산속 여우굴에서 긴 잠이 들었다

사랑을 찾고 사람이 되어 무지개를 건너는 눈물 어린 꿈을 꾸
었다

봄 · 2

그 사람은
어여 오시라 손짓을 해도
다가오는 듯 물러서는 듯
뒷짐을 지고 모르는 척

한 발짝
다가서면 화들짝 멀어질까 봐
모르는 척 말 안 하면
다시 한 발짝

아이는
엄마를 돌아보며 한 발짝
노는 재미에 빠졌는가 싶으면
다시 돌아와 품에 안겨보기
또다시 한 발짝 가봤다가
엄마가 안 보이나 화들짝

오는 듯하다가 가는 듯하다가

앞으로 가보는지 뒤로 와보는지
뒤로 가지 않고 앞으로만 가는 거
두려움 없이 한달음에 가는 길이
어디에 있겠는가 싶어라

따스한가 싶으면 비가 내려
바람까지 몰려와 쌀쌀한 아침
도로 겨울인가 외투를 꺼내면
대관절
오늘은 화창한 봄빛

도대체
애간장 태우지 않으며 오는 것이
인생에 없었구나

그리운 봄

그 봄엔
흐드러지게
꽃이 피었다

꽃잎이 날리던
새하얀 날에

달려와 멈춰선
남자의 분홍빛 셔츠가
새하얗게 그늘지던
내 미소를 안았다

아아 언제런가
그 약속
영원한 봄의 약속이

이제 물안개를 헤치고
산바람을 타고서

고요히 고요히 나를 찾아온다

그 집

애시당초 그 집은 비어 있었다
너무 말라 못 먹게 된 나물들이나
무엇에 쓸모가 있는지 알 길이 없는 부지깽이
그 집 마당에 소꿉장을 늘어놓고서
비눗방울을 만들며 놀았다

비눗방울 방울방울 밥을 짓거나
방울방울 이어서 예쁜 강아지
웃음으로 집을 채우며 뛰놀았지만

그 집을 나오던 날
문이 닫혀 잠겨지기 전
가슴 속에 품어두었던 사과 한 알을
그 텅 빈 집 마루 한끝에 내려놓고서
한발 한발 뒷걸음질쳐 걸어나왔다

미지근한 사과에서 싹이 났을까
사과나무가 네 집 지붕을 뚫고

사과가 떨어져 온 마당을 채우고
사과가 네 방으로 굴러들어가
 다시 그 사과에서 싹이 나고 꽃이 피기를

그리하여 네가 사과처럼 발갛게 익기를
네 마음의 집이 그 온기로 채워지기를
눈물로 눈물로 기도하였다

봄이 와

사랑을 잃은 남자가
커피를 내린다

우주의 빛을 닮은
남자의 눈망울이
찻잔에 떨어진다
방울 방울

나는 겨울이고저
눈 나리는 겨울이고저
오늘도 한결같이
카푸치노 한잔을 청하지만

그때 어느 별에 두고 왔을
남자의 사랑이
유성처럼 떨어진다
후두둑

찻잔을 꽃차로 채우지 않아도
봄은 온다
봄은 기어이 온다

제 2 부

폭염

벌겋게 달아오른 길을 달려
영원한 이별을 맞으러 가누나

뜨거우나 뜨거운 불길 속으로
사랑하는 사람이 사라져갔다

생명이란 모름지기 텅 빈 것이라
생기지도 소멸하지도 않으리니

늙지도 죽지도 않을 내 아름다운 이는
폭염 속에서도 의연히 꼿꼿이 서서

넘어간다 넘어간다 넘어서간다
아제아제 바라아제 바라승아제

나비는 어디로

바람 타고 날아온 나비들이 어디로 갔는지 언제 어디서 죽었
는지 모르지 않나
눈 나리는 겨울에 보이지 않던 나비들이 어디에 목숨을 두었
다가 나타났는지
이 생뚱맞고도 어리석은 질문이 봄 한철을 맴돈다

하루는 꽃이 지는데 눈앞을 가리는 꽃바람이 불었다
그리고 꽃잎들이 모두 어디 갔는가 생각해 본 적이 없다 모두
이리 무심했을까
찬탄은 순간이라 사라진 것은 기억에 없다
아름다운 것들은 끊어진 필름 조각이거나 빛바랜 사진이니
먼 먼 기억일수록 조각보처럼 예쁠 것이다

죽어가는 나비를 본 적이 있는가
알을 낳는 나비를 본 적이 있는가
썩어 흙이 되는 순간의 꽃잎을 꽃잎이라 알아보겠나
살다가 없어지는 일이 자연이라면 소리 없이 사라지고 볼 일
이다

나비도 꽃도 그래서 아름답다고만 할 것이다

알고 이별하는 것은 아프고도 아픈 일이라 이별의 순간이 없는 이별을 한다면 좋겠다
아무도 울지 않고 아무도 서럽지 않은
조각보로 만든 이불을 덮어쓰는 그런 이별
아름다운 사람이 있었더니
아름다운 사람 어디로 갔나

문득 그리워 아름다운
나비처럼
꽃잎처럼
언젠가 다시 찾아올 것 같아 설레는
나비와 꽃잎의 안녕 그런 조용한 망각의 뒤로 숨는 흩어짐
그런 이별을 한다면
나는 좋겠다

마른장마

오늘도 마른 장마가 계속된다고 해
하늘이 이렇게 맑은데 무슨 장마
비가 사십 주야 퍼부어 동물들을 짝을 지어 숨기는
그렇게 세상을 정리하는 통 큰 신의 노여움 그런 게 장마가
아니었나
언제부터 비도 없는 날을 장마라고 하는 거야
그건 명백한 사기 기우제 돈 떼먹으려는 교활한 수작이 아니야
속고 산 세월도 길어 이제 속지 않을래
세상 변덕이 싫다고 가뭄을 장마라 부르며 세상을 속이려 들까

너는 속으로 울잖아 삼킨 눈물은 눈물이 아니야?
네 속에 비가 내려 홍수가 지고
네 마음은 젖어서 혼자 들기도 벅찬 대걸레
기온의 차이가 장마전선이라는데
너와 나 사이에 전쟁보다 더한 참혹함
탱크처럼 밀어붙이는 물이 내려오잖아
젖는다는 건 보이지 않는 거야
흐르는 건 지우는 거야

그러니 본디 장마는 마른 게 깊은 거

마른 장마 끝 무지개가 뜰 거야
찬연한 무지개 물빛을 지운 무지개
그러니 물 없는 장마에 젖어 보는 거야
반쪽 장마이거나 지각 장마이거나
처연히 아름다운 무지개를 보낼 거야
쓸쓸하고 어여쁜 비둘기 날개 같은 거

나무가 기르는 나무

동물이 식물보다 우월하다고 생각하지만

무능하디 무능한 것이 발 달린 짐승 그 중에 으뜸으로 무능한 것이 사람이다

비루하다는 건 제 것으로 살 수 없음이라

그 비루함을 포악함으로 포장하여 노략질을 한다 해도 제 것의 낡음을 어찌지 못하는 가련한 동물이 아닌가

제라늄 줄기를 꺾어 땅에 꽂았더니 또 하나의 제라늄이 뿌리를 내려 꽃을 피웠다 줄기가 뿌리가 되고 뿌리가 줄기가 되는 이치 앞으로도 가고 뒤로도 가는 조화

한 뼘짜리 땅에 서서 고작 햇볕으로 제 먹이를 만들더라도 당당함으로 그 당당함으로 꺾여 꼬라박혀도 제 살을 찢어 뿌리를 내리고는 아무도 모르게 눈꽃 같은 씨앗을 뿌려대는 대범함

가만히 서 있는 게 제일 무서운 법이다

포효하지도 않고 통곡하지도 않으며

부러진 자리를 채우러 지난 길을 되짚는 조용한 끈기 야무진 근성을 훔치고자

나는 엉큼한 스파이처럼 탐욕이 슬렁대던 어느 밤에
저 공원의 나무 한 그루를 베어다 내 마음에 심었다
이제 내 부러진 나무가 또 한 그루 나무를 기를 것이다

오후 세 시경 · 1

— 강남 신내과

그 병원은 언제나 오후 세 시인 것처럼
시계바늘은 졸음 속을 헤매며 기어다닌다
밤새 아팠던 가여운 이들이 지나간 자리
도망자들은 꾀병을 짊어지고 와 긴 무용담을 늘어놓을 것이다

도망치기에 좋은 시간
권태로운 햇살은 비스듬히 누워 실눈을 뜨고
반듯이 눕기까지는 시간이 남아있음을
차트의 글씨는 분해되어 날아가 알약이 되어 쏟아진다

노상 이기는 대화를 하거나 노상 내주는 시합을 하다가
무엇을 해야 한다거나 무엇이 되어야 한다거나
매양 같은 곳으로 떠나던 코끼리 열차 플랫폼에서

도망쳐!

오후 세 시 병원의 불은 반쯤 꺼지고
도망자들은 숨어들어 하품을 하거나

면봉의 솜털을 뜯다가 다시 뭉쳐 시간을 만든다
먼 길을 떠나는 둔주의 시간

오후 세 시경 · 2

하늘이라고 마음대로 날 수 없고 새들도 가는 길이 있어 딱
그만큼만 올라야 한다
　땅 속이라고 마음대로 기어들어갈 일이 아니다 개미도 두더
쥐도 제 분수에 맞는 깊이의 땅이 있을 것이다

세상에 오는 일이란 갇히는 일
벗어날 길이 없는 공간에 서서 품위를 유지해야 한다
대열을 빠져 나가면 돌아올 수 없으려나
날개짓이 작아서 꿈조차 가련한 혹은 처량한
몸부림치지 않으면 낙하할 운명의 실오라기를 부여잡고
떨듯이 떨구듯이 혹은 춤을 추듯이

하필 바람이 몰아쳐 오는 쪽으로 날거나 눈을 뜰 수도 없이
세찬 태양의 열기 속을 타 죽는 한이 있어도 가야 하고 살아야
하고 견뎌야 하며 그리하여 여기에 멈춤 없는 동작이 필요하다

오늘도 오름 없는 비상을 하며
궤도를 돌아 눈을 뜬 채 잠이 드는 이카로스의 후예들이

출구 없는 하늘을 신이라 여기며
자비를 염원한다
영원으로의 구원을 꿈꾸며

밥솥과 심장

세상에 오직 저절로 움직이는 것이란 심장이라고
누구의 명령을 받아 움직이는 것이 심장이 아니라
누구를 사랑할 적에 아무도 그리 하란 적이 없다

최고의 밥솥이란 제 속을 저절로 덥히고 식히고 삭히고 눅이고
밥솥이 제 속을 더이상 덥힐 수 없게 되었을 때
나는 밥솥을 매몰차게 쓰레기장에 두고 오면서

내 속의 심장도 뜨겁게 뛰다가 가라앉기를 몇 번
내 속이 타들어 더이상 더워지지 못할 그날에
나의 생명은 허공을 날아
자유라는 이름으로 나를 옭죄던 생명의 박동보다 더한 자유
그런 홀가분하고도 서글픈 상념을 날릴 새도 없이
나는 현관에서
상자를 뜯어 새 밥솥을 꺼냈다

밥은 언제나 저절로 뜨거워야 한다

요나의 기도

풍랑을 피해 겨우 도망한 곳이
지극한 어둠 속 고래 뱃속이라니

컴컴한 암흑 속에서 손을 휘저어
가망 없는 운명을 통곡하다가

바깥으로 바깥으로 나가게 하여 주소서
들리지 않을 기도 구차한 분노

엎드려 잠이 들었으나 아차 이 어이 없는 안온함

이곳은 고래의 뱃속
고래의 체온에 기대어 마음 달래기

아무려나 고래 뱃속이거나 아니거나
빛을 따라 나와도 그곳은
고래 뱃속

봄비를 맞으며 생각했지

때로는 날이 풀려
코트도 벗어놓고
길을 나섰는데
봄볕은 고사하고
봄비라기에도 미안한
축축한 비가 내려와

생각도 못한 우산이 아쉽기 보단
이런 비를 맞고 섰는 내 모습을
쳐다보다가
이런 비가 어디서 오는 건지
생각해 보게 돼

생각은 늘 축축한 거야
마른 날이나 젖은 날이나
비랄지 안개랄지
뿌옇게 서려 왠지 관절이 시려오는
그래서 어딘가로 가야 할지

종종거리게 만드는 거

이국에서 이런 비를 맞은 적이 있었나
그때는 어딜 그리 바쁘게 갔을까
이국어로 생각을 하던 시절엔
이국어처럼 빠르게 따발따발
쌀라쌀라 빗속을 지나
앞으로 앞으로
그때도 생각은 축축했었나

유랑하는 철새를 미조迷鳥라 했나
어디로 가는지 모르는 철새들이
줄을 서서 나는 건
이상한 일이겠지만
그네들도 이런 비에 날개를 적시면
갈 길을 서두르자 조바심을 칠까

살아있는 것들은 모두 움직여야 하고

움직임은 생명이라고
짚신벌레 같이 꼬물꼬물
종착역을 모르는 열차를 타고
불안하거나 덧없는
길도 없는 길에 무엇이
낙오가 되고 부랑이 되며
귀함歸艦 되어 오는가

축축한 생각들이 꼬리를 물고
젖은 몸이 갈 길을 찾으며
깨닫게 되는 건
내 몸을 적시는 축축한 비는
안으로 흘러 갈 곳 없는 눈물의 호수
그 곳을 헤엄치는 물메기랄까 곰치 같은 거
어떻게 젖지 않고 살 수가 있어
마른 것은 움직일 수가 없는데

청춘의 감각에 대하여

널 만나면
내 속은 간지러웠다
간지러운 솜털 같은 게
귀 속에서부터 돋아나
코와 목구멍을 지나
얕은 바람 같은 걸 불게 했다

간지럼 때문이었나
허공에 날린 웃음은 자욱히
아지랑이 같은 걸 일으키고
어지러운 시야에 눈을 감아도
뿌옇게 사라지지 않던 네 그림자

간지럼만큼 위험한 감각이 있나
간지럼은 발갛게 달아오르는
염증의 시작이라
그건 이내 통증으로 내달릴 준비선

간지럼이 불러온 처절한 통증에
속절없이 엎드려 견디던 시간
청춘은 온 인류가 공감할
고통의 전설
고통을 감내한 가련한 영광

처절한 상처에 새살이 돋는 신호가
간지런 감각이란 건
얄밉고도 짓궂은 그래서 허탈한 농담
그러나

이제 간지럼은 목덜미를 타고 내려와
가슴에 훅
온기를 불어넣는다
성숙한 감각이 불러올
눈물 흘리지 않을 만큼의
얕은 예민함과 오래도록 간직할
너의 본모습 그리고 드디어 나를 드러낼

용감한 시절이여

당당당

대학 시절 선배들이 모여 당춤이라는 걸 추던 적이 있다
당다라라라라 당 당 당
당다라라라라 당 당 당
모일 때마다 박자만 남은 노래를 부르며
어깨를 흔들고 다리를 들어 흔드는 해괴한 춤을 추면서
왜 우리가 이런 춤을 추고 있는지 물어본 적이 없었다

가사가 없는 노래를 부르지 않는 시간을 살고부터는
온갖 것에 이름을 달아 이름을 지우는 일을 반복했고
지워진 이름을 다시 고쳐 달면서 무언가에 무언가를 부어 채
우는 일에 골몰하였지만

어제 창너머에서 누군가가 부르는
니나니나니나 니나니나
그런 노래를 듣다가
당다라라라라 당 당 당
뜻 모를 장난 같은 춤을 기억해냈다
갑자기 이 빈 말들의 뜻이 들려오는 양

나는 벌떡 일어나 어깨를 흔들고 다리를 들어 흔들며 춤을 추
기 시작하였다

　당다라라라라 당 당 당
　당다라라라라 당 당 당

초여름

더워서 지친다고 자리를 펴고 모로 누웠지만
여름이 와서가 아니라 봄이 갔기 때문이었다

찔레꽃 예쁘다고 겁없이 만졌다가
가시에 찔린 상처가 곪아 아프기를 며칠
열이 오르고 내리는 일은 한번이 아니다

나았는가 하면 느닷없이 오르는 열처럼
미움도 느닷없이 눈물도 느닷없이
찔레꽃 가시 같이 사랑 속에 도사리고 있던 이별
숲에 들지 말았어야 꽃이 예쁘다 하지 말았어야
어리석은 후회나 미움이나 다 같은 것

하지 말았어야 할 마지막 말 한마디 같은
가시 찔린 상처의 통증
눈치 없는 신열
쑥쑥쑥. 쑥…쑥…쑥……

그러다 봄이 다 가버렸고 기억은 희미해졌다
초여름은 시작인가 끝인가

그런 더운 상념을 베고 나는 잠이 들었다

빈 곳에서 불어오는 바람

1.

내 시를 잘 들어 봐
나는 슬픔을 이야기해
가만히 제 자리에 섰는 그런 슬픔

아니 아니 난 슬픔을 읽을 수가 없어
너는 슬픔을 써넣지 않았어
어디에 슬픔이 있다는 거지?

보이지 않는 곳에 있어
보이지 않는 걸 어떻게 보라고 해
빈 곳을 채우면 되잖아

그건 무책임한 말이야
그럼 아무 것도 쓰지 않고
시를 썼다고 말해?

너의 시는 벌거벗은 임금님 같아

2.

태胎항아리라는 걸 본 기억이 있어
태를 씻고 씻어
기름종이를 덮어 실로 묶어서
고이 묻거나

목숨 같은 것이 잘려
저도 어미도 아닌 그것은
말라 오그라들어도
생명의 또랑또랑한 본모습

항아리 속 텅 빈 공간
그런 둥지 같은 걸 품고
나는 나를 묻고
말라붙은 나를 향해
말을 걸어 보거나

3.

공터에 모이면

계집아이들은 쪼그려 앉아 땅을 따먹고
사내아이들은 공을 차곤 했는데

저녁이면 밥 먹으라는 소리에
누가 먼저랄 것 없이
사라지고
공터에서 불어오는
한 데 엉긴 아이들의 목소리 같은 바람소리

언제부턴가 나는
말이 없는 말을 하고
말을 해도 남는 말들이
저녁이 되면
저 바람처럼 불어와

나는 애써 말을 기억해 보지만
그 말은 원래 무형이라
아무 것도 없다고 해

빈 곳에서 온 것은
그저 바람이라 한다네

이런 나의 정직함이여

마음이 구차하여
짐수레 같은 자긍심을
질질 끌며
앞으로 갈 때가 있다

사랑이라는 누더기 옷을 걸치고
죽은 이의 영혼처럼
이리저리 기웃대며 떠돌다
결국 주저앉아 통곡을 하거나

허구한 날 사랑은
나를 불러달라는 간절한 외침
사랑이 사랑을 데려오지 않아도
서운하지 않을 당당한 사랑
그런 솔직하지 못한 겉치레는 벗어버리고

내 이름과 영혼을 불러줄 사랑을 찾아
내 이름과 영혼의 짐을 지고

옹졸하고 버젓하지 못한 그래서
애잔하고 서글픈 인생이 세상을 헤맨다

이런 나의 서럽도록 허전한 정직함이여

꽃대궐 유감

꽃들이 환장했나 보아
제 순서도 모르고 한꺼번에 피었어

개나리 피고 지면
진달래 피고 지고
목련꽃 피고 지면
벗꽃이 피고 진다는데

개천가에 나가보면
무슨 조화로 온 꽃들이
발정난 양 참지 못하고 피어나 배시시
온통 손짓을 해대며 옷섶을 풀어헤친 저 망칙함

그래도 푸짐한 꽃잔치 꽃대궐이 아니야
부자 부자 나는 꽃부자라도 하고파라

아니아니 내일 비가 내려
알록달록 꽃잎들을

한꺼번에 보낼 참이야
그 서운하고 야속한 일을 기어이 해야겠나

청춘도 한꺼번에 보내지 않고
사랑도 한번으로 끝나지 않을
그런 세월이라면 좋겠어

순서 따라 하나씩
헤어지면 다시 시작
돌아서면 다시 만남

한꺼번에 피는 꽃은
지구 온난화 때문이라는데
한꺼번에 가버린 청춘은
거창한 이유 하나 없잖아

아아 기어이 비가 내려
그 예쁜 꽃잎들 땅바닥에

꽃대궐을 그렸어
어쩔텐가 난 서럽고 애잔한 맘에
하루종일 쪼그려 앉아
이리저리 꽃잎을 모아 대궐에 문을 달고
청춘아 나와라 사랑아 지나가라
꽃노래를 불렀어

서러워하며 봄을 장례 치르는
꽃대궐 눈물공주 그런
소꿉놀이
눈물이 그렁그렁 그런
엄마놀이

제 **3** 부

가을볕 긴 그림자

가을볕 속을 걷다 보면
긴 그림자가 가슴으로 들어온다
내 속에 살던 누군가가 그림자 따라 걸어온다
이름이 지워진 사람이 말을 걸어와 고개를 떨구며 모른 체한다
그리움을 말하지 않아야 그립지 않으리라 입을 꼭 다물며 땅
을 보고 걷는다

그때 먼 데서 훅 하고 바람이 분다
바람은 내 속에 들어와 나를 불러세운다
나는 그만 긴 그림자 속에서 어린 눈물을 쏟는다

여름은 가도

여름은 힘든 시간이었다

만물이 제 생명의 가장 예쁘고 잘난 것을 내놓아 태양빛 희열을 드러낼수록

나는 그늘을 찾아들며 자라지 못하고 꺾여버린 애잔한 어린 것들을 기억하려 애썼다

밝음 속에서 어둠이 도드라지고 잔치의 기쁨이 클수록 홀로 슬픈 이의 외로움이 더욱 고되다

함께 노래 부를 때 슬며시 일어나 문밖으로 나서는 이, 축제의 한켠에서 홀로 담배를 피우는 이를 본다면

햇볕을 피해 기어이 땅속으로 기어드는 작은 벌레의 웅숭그림, 침묵이라는 자존심으로 슬픔을 무장하는 그리움을 알게 되려나

여름이 지난다고 잊어버린 노래를 부르겠는가

가을볕이라고 너의 기억을 내려놓고 무심히 풀섶을 지나치겠는가

여름이 가도 눈물은 마르지 않는다

여름은 가도 나는 너를 잊지 못한다

잃어버린 양 · 1

양이 사라졌다
백 마리 양 중에 특별한 놈
뽀얗고 뽀얀 양 한 마리

폭우가 내린 밤은 어둡다
양의 빛을 좇아
아흔 아홉 양을 버려두고

나의 사랑하는 한 마리 양을 찾아
숲을 넘고 덤불을 헤치고
마른 발에 피 흐르는 부정父情

목자는 산을 헤매고
사라진 양은 끝내
돌아오지 않았다

잃어버린 양 · 2

산그늘 아래 목자의 눈물이 흐른다
눈물이 강이 되어 양의 목을 축이려나
강물이 구름이 되고 빗물로 내리는 세월

목자는 양을 부르는 노래를 한다
양의 울음을 닮은 목자의 노래에
산과 들의 꽃이 지고 마른 잎이 날린다

나의 선한 양이 오고 다시 돌아간 그 곳을 찾아
목자의 짓무른 발이 남긴 발자국을 따라
어느 날엔 숲에서 바람이 불고

그 바람 속에

보이지 않는 양이 돌아올 것이다
바람이 되어 돌아온 양을 목자만이 알아보았다

사과謝過

쨍 하고 서러움이 폭발했다

우주로의 여행이라고 콩닥콩닥
졸린 눈을 깜박이며 티비를 지켜보다가
날아오르던 로켓이 폭발했을 때의 황망함
그런 멍한 너의 눈을 보고 아차
블랙박스에 머리를 박고 내 서러움 찾기

미안하다는 말은 멀고 눈을 맞추기도 당황스런 너의 등에 대고
네가 내 맘에 귀를 대지 않았기 때문이라고
그건 윙윙윙 달팽이관을 도는 이야기

너를 향해 고개를 숙이고 돌진하다가
문득 네가 뒤에 있었음을
나는 땅만 보고 걷다가 돌부리에 걸려 넘어져
왜 너는 거기 있냐고
그래 그래서 그 미안한 마음은
달팽이관을 돌고 또 돌면서 그저 윙윙윙

도시에 홍수

대체 어디에 그 많은 물을 쟁여 놓았었나
누군가 문을 여는 버튼을 누르기라도 했는지 솟아오른 물기
둥이 온땅을 휩쓸어 나는 그만 갈 곳 없는 이재민이 되었다

대홍수는 대관절 누구를 단죄하려 함이었던가 노여움이 내리
는 차별 없는 단죄 그리하여 구원이란 선택적이었나
구원을 받은 이 살아남은 자는 폐허의 고독 속에 과연 감사
의 기도를 올렸을까

사라진 이들이 그리워 엎드려 울면
눈물이 쌓여진 어느 날에 그 눈물이 홍수처럼 쏟아져 마음을
비우고
텅 비어버려 황량한 마음에 맥주 몇 잔 채우면
다시금 눈물은 쏟아지겠다
시골집 마당에 외로이 서있는 펌프 같은 거 몇 줌 물을 채우
면 쏟아놓는 대야물 같이

동네 편의점 앞 플라스틱 의자에 앉아

대홍수가 남긴 노아의 불행을 신에게 고하지도 못한 그의 아픈 속내를

나는 그를 대신하여 게워내고 또 게워내었다

별도 없는 도시의 밤에

홍수를 일으키는 폐허의 펌프를 돌리며

길고양이는 여리지 않다

쓰레기통 위에 까만 길고양이 둘이 앉아
하얀 눈으로 나를 매섭게 바라본다
배고픈 고양이가 살가울 리 없다
고양이는 한사코 눈빛으로 나를 밀쳐낸다

눈빛에 굳은 다리로 다가설 수 없다
나는 슬금슬금 뒷걸음질을 치다가
쓰레기 봉다리를 어쩌지도 못한 채
패잔병 같은 길을 맥없이 돌아온다

상처 많은 짐승 곁으로 다가가는 건
상처를 각오한 애잔한 용기 혹은 대범함
그러나 나는
가련한 연민도 단호한 동정도 아닌
까만 봉다리를 들고 그저 냅다 뛰었다
그의 경계심을 두려워한 비겁한 몸짓
아니, 하얀 눈빛의 굶주림이 무서웠던 거

이제 쓰레기장에선 길고양이를 살펴야 한다
상처받은 짐승은 신경이 쓰이는 법이다

검은 방에 빛이 들지 않는다

빛이 들지 않는 방 자욱히 음습한 상처
문을 열어라 그 문을 열어라
문은 오히려 꽁꽁 닫아걸며
아프다고 아프다고 모른 척하라고
아프므로 아프므로 모른 척하라고

그래서 남겨진 그 방은 저 깊숙한 곳에
그의 폐부를 자꾸만 따갑게 긁어대며
속으로 흐르는 물은 축축히 고여 고름 천지
문을 두드리다 어둔 방 앞에 망연히 앉으니
의사가 되어 첫 환자의 죽음을 맥없이 지켜보던
그토록 아프고도 허망하던 기억

제 병을 낫게 하는 건 제 몸일 뿐이고
문을 열어 아픔을 내보내야 할 이도 저이겠지만
아프기 때문에 문고리를 잡지도 못하고
아프기 때문에 환부의 고름을 짜줄 수도 없는
그런 백수 돌팔이

아아 불행한 사람은 영영 불행하려나

해마

수컷들은 새끼를 낳는다
휘몰아쳐 용을 쓰며 어둠 속으로
빛나는 어린 것들을 흩뿌린다

수컷들은 알들을 얻으려
기어이 암컷을 찾아 우하하
알들을 거머쥐고 우쭐대었다

애초에 암컷보다 귀한 것이
알이었으니
암컷은 돌봄 없이 떠나간다

수컷들은 알을 키운다
암컷이 떠난 줄도 모르고
알들에 집중하다가

아차 알들이 바다의 빛이 될 때
수컷은 외로움에 휩싸여

뒤늦게 숨죽여 흐느낀다

알들은 수컷의 노래
암컷으로부터 와서 수컷을 채운
수컷들의 역사

그러나 암컷 없이 공허한
외로움의 바다 그 암흑 속
수컷들은 으엉으엉 울며 날았다

봄이 떠났다

봄이 떠났다

춤추듯 다가와 대지를 흔들고
마음을 헤집어 꽃물을 들여대며
뛰어나와 사랑춤을 추라 속살거리던
철없고도 철없던 아해가 속절없이 사라지고 없다

심장에 덕지덕지 꽃잎을 발라도
구멍을 메꿀 수가 없다
꽃잎은 저희들끼리 엉겨붙어
이제 꽃도 되지 못하는 그것들끼리 말라 붙어 심장을 꼬집듯
이 당긴다

꽃잎은 다만 쌓이고 말라간다
혈관을 타고 온몸으로 마른 것들이 비실거리며 움직여가고
팔과 다리는 말라 오그라들 것처럼 저려온다
마침내 꽃잎이 눈물에 녹아 흘러나올 때

뿌옇게 흐려오는 눈으로
날아오르는 꽃씨들을 바라보다
갑자기 내 몸은 가벼이 꽃씨가 되어
어딘지 모를 곳으로 날아간다

봄은 떠나고 나도 떠났다

영점 조정

어느 날 문을 두드리고 나타난 사람이
십칠 년 만에 만난 오래된 연인이라면
무슨 말로 대화를 시작할 수 있을까
안녕하세요 그동안 어떻게 지냈어요
아니 이런 건 너무 일상적이라
그럼 아무 말을 못할까 아니 안할까
기억에 담지 못하는 게 죽음이라면
우리는 서로에게 죽음으로부터
이 순간 부활한 거라 해야 할까
너는 그 때도 그 말을 했었어
너는 그 때도 그 미소를 지었어
그래 영혼은 변치 않는 거라네
기억할 수도 없는 일들을 하고
기억하기에도 버거운 말들을 쏟아내며
시간을 채우고 살아왔는데
사라졌던 기억들이 모조리 한꺼번에
들고 일어나 연인처럼 나를 찾아온다면
꽃이 지고 피고 또 지고 또 피고

이게 다 모여서 한 날에 몰려와

산더미 같은 꽃 폭풍이 친다면

아니 그럴 수도 없어 불가능한 일

생성했다 소멸하면 영이니까 플러스 마이너스

그래 그래 돌아올 것도 없지

대체 그럼 십칠 년의 기억을 뚫고

그리하여 내 앞에 앉아있는 이 사람은

오늘 다시 영점으로 영점으로

시간은 생성과 소멸을 반복하며

앞으로 앞으로 긴 선을 그리며 걸어간다

영점의 선을 벗어나지 못하리

그래서 인생이 덧없다고 했나 보다

개기월식

  지구가 달빛에 매료되어 달을 따라다녔다는 건 일종의 전설이
라 했다
  기실은 달이 지구를 따라다녔음이라
  달이 지구의 푸른 바닷빛을 사랑해 지구를 좇고 좇아 돌고
또 돌고
  그 작은 몸에 태양빛을 품어 님에게 비추었다
  달은 님의 등만 보았다
  님의 등을 보며 눈물이 되었다

  지구그림자가 달을 감싸안은 그날
  달은 빛을 심장 속으로 삼키며
  아니 이날은 태양빛도 필요 없어
  눈물이 되었다 붉은 피가 되었다
  달의 초야가 있던 그날

  이튿날 달은 님의 품을 떠나 님을 바라보았고
  달과 지구는 서로를 끌어당겨 보았지만
  거부할 수 없는 운명

균형의 우주
우주의 질서에 몸을 맡겨야 했다

달과 지구는 삼십팔만 킬로미터 멀리 떨어져
웬일인지 해마다 삼점팔 센티미터 멀어져간다
사랑하고 그리는 님에게서 조금씩 조금씩 멀어져감은 무슨
두려움인가
나의 친우는 나의 이 당찬 질문에
그건 달과 지구의 관계라고 그래서 알 수가 없다고 했다
그건 달과 지구의 관계라고만 했다

달팽이

그 남자는 두꺼운 껍질을 이고 다니며

자잘한 돌멩이들을 발로 차다가 걸려든 한 개

작은 차돌을 감싸 안듯이

그 고운 여자를 만나 이죽거리며 농담을 늘어놓거나

껄껄껄 여자의 말에 허연 웃음을 날려도 보고

여자를 생각하면 여린 몸이 추워 밤새도록 몸을 흔든다

그 고운 여자를 안아줄 수 없는 차가운 몸에 진저리를 치다가

눈물로 눈물로 적셔서 끈끈해진 몸을 이끌며

한없이 멸망하듯 움츠러들다가

입술을 파르르 떨며 아픈 기억에 매몰되었다

술병에 채이던 콩자반 상을 뒤집던 아버지의 희뿌연 눈에 잡
힐까

무릎에 얼굴을 파묻고 울던 아이의 저주 받은 기억

이 생에 오지 않아도 좋았을 거라고 울던 아이가

아무 것도 할 수가 없고 옴짝달싹 할 수 없던 그 슬픈 기억에
사로잡혀

그 고운 여자를 어쩔 수가 없어

슬픔의 껍데기로 들어갔다

그리고는 나오지 않았다

그 무거운 껍데기는 검은 두려움 바닷내가 나는 남자의 움집
이었다

그 고운 여자는 사라진 남자의 껍데기 앞에서

영문을 몰라 울다가

해질녘에 돌아가 다시 오지 않았다

여인의 초상
— 마리 로랑생의 키스

꽃을 녹여 여인을 만들면
분홍 드레스에 잎새 같은 머리핀
백자처럼 창백한 그늘
미소가 슬픈 꽃이 된다

꽃을 녹여 꽃을 만들고
사슴 같은 춤을 추는
여인의 곁에
눈물처럼 하얀 고양이

아름다운 여인과
아름다운 여인을 둘러싸는
또 아름다운 여인
슬픔의 방울을 터치며 날아오르는

비둘기 또 비둘기
쏟아지는 꽃 속을 달리는
황홀한 슬픔

그리고 간절한 희망

회백색 외로움을 가득 안은
내 사랑은 무엇을 참을 수 없어
강물이 되고
나는 이제 남겨져

꽃이 되고
꽃이 되고

분홍빛 슬픔 몽롱한
안식 그리고 눈물
그리고 끝내 돌아온 너

아프리카에서 온 사나이

그는 마른 초원에 누워 태양이 떠오르는 걸 보았을까 석양을 등지고 움직이는 코끼리 떼는 그 밤에 잘 곳을 찾았을까 긴 목을 누인 기린은 휘청대며 일어나는지 잠자는 사자의 갈귀는 멀리서도 보이는지 초원에서 일어난 사람들의 자취를 찾아 태고의 춤을 추는 부족을 따라 당신은 부족의 망토를 두르고 창과 방패를 쥔 사람들에 둘러싸여 오오오 아오 노래를 불렀는가

오오오 아오 오오오 아오야
뜻모를 노래를 불러도 흥이 나서 춤은 춰지던가 음식을 들고 오는 추장의 딸들이 선물이라 칭해지던 난감한 밤 지구의 저쪽까지 걸어간 그들의 조상이 다시 지구의 이 편 고향에 보낸 그의 아들은 그리움에 사무치는 아버지의 친서를 추장께 전하였나

오오오 아오 오오오 아오야
아프리카에서 온 사나이는 그의 춤과 그의 음식과 그의 밤을 이야기하지 않았다
그는 다만 야생의 동물처럼 도시에 어울리지 않는 투박한 걸

음걸이로 느릿느릿 긴 시간을 걸었을 뿐이다 아프리카 수풀 속에서 튀어나와 까륵까륵거리던 꽁지가 빨간 새를 찾아 느릿느릿 맴을 돌았다 떼를 지어 사는 동물의 습성을 좇아 무리 속에 몸을 숨긴 그는 꽁지가 빨간 새를 찾을 겨를도 없이 원시의 생명보다도 외로운 이국의 동물이 되어갔다

오오오 아오 오오오 아오야

때로 아프리카에서 온 사나이는 동이 터도 눈을 뜨지 않던 초원의 사자처럼 길고 긴 잠을 자면서 온밤을 읽어도 끝나지 않던 추장의 메시지와 전할 곳 없는 여인들의 구슬픈 노래들을 외우고 또 외우곤 하였다

제 **4** 부

봄비

소리 내지 않는 흐느낌이 더 슬픈 것처럼
소리 없이 종일 내리는 비에 몸은 젖는다
떼를 쓰지 않던 꼬마
치맛자락 붙잡고 말이 없던 아이를
차마 떠날 수 없어 흐느끼던 문간방 아줌마처럼
소리 없는 비에 젖은 것들은 모두
조용히 제 자리를 찾을 것이다
젖은 새는 둥지를 찾고 혹은 짝을 짓고
젖은 밀알은 싹을 틔우거나 꽃을 피우고
슬픔은 고이 접어 저 깊은 머릿장 속에
그리고 아랫목에 다시 차려진 조촐한 밥상

거미

세상 어느 남자가 제 아버지의 집에 살고자 할까마는
너는 아버지의 집이 네 집이 아니라며
집을 나와 집을 찾다가 네 몸을 내어 집을 짓고
매일밤 외로움을 베고 누워 허공에 손가락을 휘저으면서
집이 아닌 집을 짓더라

나는 어머니의 집에 살다가 나와
불이 켜진 너의 집을 찾아
너의 선물보따리를 받아들고
천진스런 웃음을 터뜨리다
너의 집이 되었다
혹은 너를 닮은 너의 집

어느 날 문득 너는 날 보고
네 집은 어디냐고 너는 어느 곳의 집으로 가고 있느냐고 물었
는데
나는 내가 집이라고 말을 했다
언제부터인지 알 수는 없지만

나는 내가 집이었다고
어머니가 없는 나는 이미 집이 되어 있었다

자장가

어머니~
나는 잠이 들고 싶어요

그 품은
바닷속처럼 깊고
꽃 속에 앉은 듯이 향기롭고
숲길을 걷듯이 고요하여

어머니~
나는 아직도
그 밤을 잊지 못해
밤이 되면 웁니다

단잠이 들고나면
마음은 다시 평화
아픔이 사라진 고요

다사로운 햇살 흩날리는 꽃잎 속으로

솜처럼 포근한 바람이 되어
나는 밤새 날아다니다

눈을 뜨면 어머니~
그 깊은 눈빛 속으로 들어가
기지개를 켰습니다

어머니~
나는 다시 잠이 들고 싶어요

자장 자장
자장가 소리는
내 마음에 퍼집니다

사라진 그러나 존재하는

　조그만 물개가 차돌같은 머리를 물 밖으로 내밀었다 바로 그 찰나에 사라졌다 참게 한 마리가 모래밭을 뚫고 기우뚱 나왔다가 쏘옥 모래 속으로 들어가 버렸다 새는 날아 내 곁에 내려 좁쌀 같은 것을 쪼아먹었다 그리고 하늘 속으로 날아올랐다 비가 내렸고 빗물이 땅을 적셨지만 오후가 되니 물기가 없다 내려쪼이던 뜨거운 햇빛에 달궈졌던 땅의 열기는 식어서 없어졌다 그리고 너의 영혼이 나를 찾아와 내 마음 속으로 사라졌다

　모든 사라진 것들은 존재한다 저들의 창을 열고 들어간 것들은 저들의 창을 열고 나올 것이다 그러나 찾을 수가 없다

　나는 사라진 것들을 기억 속에 담는다
　사라진 것들의 그림자들이
　제 주인을 잃어버린 그림자들이
　내 속을 검은 눈물로 채운다

상상

시간을 거꾸로 돌리는 상상을 하는 날이 있다 어제를 살고 그제를 살고 그그제를 살고 작년에 재작년에 만난 사람을 다시 만나고 갔던 장소에 다시 가고 다시 웃고 다시 울고 이별을 했던 사람과 새롭게 만남을 시작한다 헤어져 울던 날을 지나면 함께 웃고 떠들고 그러다가 첫만남의 설레임 속으로 가 몸은 점점 젊어지고 마음은 점점 가벼워지고 사라졌던 사람들이 하나 둘 나타나 옛적 그 집으로 들어가면

아아… 어머니… 나는 나의 어머니를 만나 품 속에서 다시 작은 아기
그리고 마침내 점…점…점이 되어 멀리서 나타나는 점들과 함께 반짝이는 별빛이 되어 날아간다

그런 상상을 하는 날 슬픔은 외로움의 빗장을 열고 무한궤도를 향한다

십 년이 지나면

어머니는 떠나시기 전
십 년만 더 주어지면 좋겠다고
말씀하셨다

어머니를 눈물로 보낸 나는
입을 앙다물고
십 년아 제발 어서 가라
바쁜 세월을 재촉했다

십 년이 지나면 후련해질 줄 알았는데
십 년이 지나도
변한 것이 없다

어머니 친구들은 봄나들이라고
빨갛고 노란 옷을 입고 길을 나서고
나는 눈물을 훔치며 그녀들을 지나친다

그리움은 언제나 그 자리

도로 십 년을 세고
십 년을 또 세어서
내가 내 어머니 가시던 나이가 되어도

후련하지 않을 이 서러움
다만
기억 속의 어머니는 늙지 않는다는 위안 뿐

목련꽃을 앞에 두고

목련꽃이 피면 어머니 생각
아이야 일어나렴 목련이 피었구나
나가보면 마당 한가득
소리처럼 쏟아지던 흰 빛

바느질 솜씨만큼
얌전하고 단정하던
아아 목련꽃 같은 목련꽃 같은
어머니의 탄성

이파리 없어도 꽃이 피어라
기대어 울 곳도 없는 꽃 같은 새댁이
연탄불을 갈며 중년이 되던
수다스런 세월에도

안나 카레니나를 슬퍼하고
스칼렛 오하라를 동경하며
인형의 집을 탈출한 노라에게

박수를 보내던 어머니의 안방

그 어머니가 봄이면 봄마다
부르던 노래가 목련꽃 그늘 아래서
어머니는 목련꽃을 사랑하고
베르테르의 죽음을 슬퍼했는데

이제 저 목련이 이파리도 없이 저리 피어도
나를 깨우지 않으신다
어머니는 어디에서 노래를 하시어
이파리 없는 나무에 기어이 꽃을 보내셨는가

다시 또다시 그 누구와 사랑이 깊어
돌아오지 않을 길을 가셨어도
안나 카레니나처럼 절망하지 않고
스칼렛 오하라처럼 남겨지지도 않을
그런 꽃비 같은 사랑을 하고 계실까

그곳은 목련꽃이 하늘을 덮고
젊은 베르테르가 슬픔 없는 사랑을 하는
새하얗게 순결한 어머니의 나라
저 흰 빛을 보내주었을 그 간절한 그리움
눈물 없는 무지개 계절이려나

꽃이란 순결한 모순矛盾
― 가시 소년

온몸에 가시가 돋힌 소년의 해맑은 미소를 사랑해서
  그를 꼬옥 안았다가 피가 똑똑 떨어지는 아픔을 겪고야 나는
깨달았다

그 가시가 소년의 상처라는 걸 외로운 소년이 더 다칠까 봐
  장미꽃처럼 꺾이지 말라고 그에게 내린 신의 선물이자 형벌
같은 거

나는 쪼그려 앉아 조그만 손으로 하나씩 하나씩 가시를 뽑다가
  베인 손가락을 호호거리며 빨기도 하다가
  다시 쪼그려 앉아 기어이 가시를 뽑아 가시를 뽑아

사람아 예쁜 사람아 조금만 기다려주어
  가시가 돋아나던 시절의 고통을 견디다 마른 어린 네 눈물이
  따갑도록 시린 내 손가락의 상처를 아물게 하고
  가시가 가시가 사라질 때에
  투명하게 드러나는 너의 영혼같은 살결이 닿을 포근한 사랑
  그 안에서 단잠을 잘 네 여린 순수 그 눈부신 꽃다발

슬픔에의 공감

순금이 엄마는 초등학교 3학년 때 돌아가셨다
하얀 꽃 같던 순금이 엄마는 빨간 꽃잎 같은 피가 섞인 기침
을 하다가
그렇게 세상을 떠났다
순금이 엄마가 누워있던 그집 따뜻한 아랫목에 낯선 사람들
이 모였다가 돌아간 밤에
순금이는 우리집에 와서 사흘을 지냈다
아빠가 술을 마시며 자꾸 울어서 무섭다고 했다

소꿉장난을 하던 순금이가 갑자기 일어나 아빠 밥을 해주러
간다고 집으로 돌아갔다
고사리손같은 밥을 짓겠다고
그리고 우린 웬일인지 한참을 볼 수 없었다

새엄마가 낳은 동생을 업은 순금이를 마주친 날
순금이가 황소같은 눈으로 어색한 내 눈을 들여다보며
그때 네 말을 기억해 모든 사람들은 언젠가 엄마를 잃는다구
다만 나는 조금 일찍 잃은 것뿐이라고

내가 그런 말을 했던가 부끄러운 생각에 난 아무 말도 못하
고 그 낯선 아기의 손만 만지작거렸다

　　순금이를 못보고 삼십 년이 흐르는 새
　　나는 순금이처럼 엄마를 잃었고
　　엄마의 부엌에서 상을 차렸다
　　고사리손 밥이 아니라도 슬픔은 하나
　　나는 왜 그때 순금이가 조용히 사라져갔는지
　　왜 그때 우리가 만나지 못했는지
　　알게 되었다

　　그때 네 말을 기억해 모든 사람들은 언젠가 엄마를 잃는다구
　　다만 나는 조금 일찍 잃은 것뿐이라고
　　내가 그런 말을 했던가 부끄러운 생각에 난 아무 말도 못하
고 그 낯선 아기의 손만 만지작거렸었다

메주를 띄우며

콩들이 좌르르 절구 속으로 쏟아져 내린다
통곡하며 무너진 콩을 찧고 내리치는 잔혹한 절구질이다
으스러진 콩들이 숨을 죽여 엎드린다
모습이 사라진 콩들은 콩이 아니려나
허물을 벗고 짓이겨진 콩의 맛이 더욱 진함은 어쩔 것인가

매 맞은 사람들이 모여 스크럼을 짜듯이
형체 없는 콩들은 하나의 형상이 된다
상처를 견디면서 슬픔은 단단해지는 법
단단한 슬픔 속으로 날라온 솜털 같은 홀씨 그리고 단단한
무심함
무심함으로 걸어잠근 속을 파고들 수 있는 것은 겨우 하찮은
곰팡이일 뿐이다
회백색 보풀 같은 곰팡이 곁으로 아직 제 색도 못 갖춘 솜털
같은 것이 날아앉아
못난 것들끼리 엉켜 끌어안는 모양은 쓸쓸하고도 애처롭다

단단하게 영그는 슬픔 속으로 눅지고 깊은 맛이 들어앉는다

해도 나는 메주처럼 굳고 싶지 않다 메어 달리고 싶지 않다

누군가 제 속을 풀어내어 장국을 끓인다면 그건 오로지 맛이 깊은 슬픔

뜨거운 장국의 김을 불어대며 입에 넣는 순간 눈물이 샘솟는 이유가 풀어헤쳐진 단단한 슬픔 그 형체 없음 때문이다

새벽시장에서 한무리의 사람들이 뜨거운 장국을 먹으며 제 속을 풀어 운다

슬픔을 슬픔으로 녹이며 슬픔을 슬픔으로 채우며 밥을 말아 먹는 동안에

또다시 단단한 슬픔이 영글어간다 메주처럼 제 속에서 깊어 져간다

독감

기어이 불이 났다
산과 들을 쏘다니던 계집아이
불에 데어 몸도 얼굴도 벌겋게 달아
후욱 숨조차 쉴 수 없는 열기에 마음이 타들어
시뻘건 불이 집과 들과 산을 태우고
이제 아무것도 느낄 수조차 없는

어둠의 터널이다

삼십구도
터널을 혼자서 걷는다 터벅터벅
젖은 땅을 디디며 오직 혼자 가는
터널이다
그 어느 밤도 이토록 어둡지 않았으리라
이토록 아프고 이토록 외롭지 않았으리라
터널은 끝이 없다

계집아이는 아마도 그 길을 걸어서 왔다

미지의 생명체
그 까마득한 기억을 되짚어
태초의 그 씨알이 되려고 옷을 벗는다
옷을 벗고 마음을 벗고 생각을 벗고 기억을 벗어
알몸의 씨알이 되면 아이는
그 어미의 움을 찾아 갈 것이다

삼십팔도
양은 주전자의 물이 끓는다
누군가의 발길에 채어 찌그러진 옆구리
부끄러움을 잊은 물이 끓는다
그것은 수치심
수치심을 감추는 몸짓이다

계집아이는 주섬주섬 옷을 챙겨 입는다
느리게 한풀씩 옷을 입고 머리를 만진다
허연 연기 같은 숨을 몰아쉬며
눈물을 흘린다

온몸을 휘감으며 무너지는 근육의 통증

삼십칠도
날이 개었다
불이 지난 자리엔 부스러지는 숯이 남는다
숯은 정결하고
도리어 차가운 육신의 탄식
죽음의 강에 옮겨붙은 불은
계집아이의 오두막에 기묘한 훈기를 불러온다

자리를 털고 일어난 계집아이는
몽롱한 봄바람을 맞으며
팔을 흔들면서 뛰어나갈 태세이다
그러다 모란꽃 앞에서 풀썩 주저앉아
겨우내 사그라진 노오란 불씨를 들여다볼 것이다

어디선가 살아서 돌아온
미지의 생명체

허물을 벗은 노오란 불씨 같은 것을

낙화落花

그건 깜깜한 밤이었다
여자는 길을 가다 풀썩 주저앉아 아이처럼 울었다

잘 차려입은 얌전한 그 여자가 다리를 뻗고 운 이유를 알 수
있다면
그 여자의 손가락만큼 희디흰 눈물을 닦아줄 수 있었을까

여자는 울고 또 울었지만 차가운 바닥은 눈물이 스며 얼어갔
지만
여자의 가슴이 얼어서 또는 타버려서
여자는 움직이지 못한 채

여자는 아픔이 어디서 오는지 희디흰 손바닥에 얼굴을 묻고
저 속이 무너지고 녹아나듯 울고 또 울고

잘 차려입은 얌전한 그 여자가 눈물을 떨구며
기우뚱 일어나 언 발을 절며 어딘가 먼 곳을 돌아본다면

그건 오직 이별을 예감함이다
잘 차려입은 그 얌전한 여자는
돌아오지 않을 길을 가려는 것이다

네 마음속에는 쥐

먹어도 먹지 않은 것 같다고
늘 허기져 하던 너는 막상
쥐를 품고 있었다

네 속에 숨죽이고 숨었다가
네가 무언가 먹으면 나와 그것을 쪼아먹고
가는 눈을 뜨고 자는 척 조는 척
네 온기에 기대 웅크린 그것

네가 소리쳐 쫓으면 금세 달아날 요망한 것이
네 무력한 상처의 틈새로 용케 숨어들었을까

어느날부턴가 너는 잠을 자도 자지 않은 것 같다고 말했다
아마도 쥐가 밤새 동했으려나
어린 쥐가 커서 생채기를 덮어 그런가
너를 새벽마다 괴롭히던 속쓰림은 사라졌다

쥐는 네 오랜 상처의 진물을 핥으며

너도 모르는 사이 네 속에서
한없이 커갔다
마침내

네가 사랑에 눈 뜨려 시린 눈을 부비던 그 순간
두려움에 슬픈 비명을 지르던 바로 그 순간

찌익 찍찍 찍찍찍
퍼얼쩍
그 쥐는 너를 물었다

아악 네가 소리쳤을 때 그 쥐는
그녀의 상처를 가르며 품으로 뛰어들었다
눈물도 피도 얼어버린 비정非情 속에서

쥐들이 살고 있다

달빛 모양 인연

어디서부터 만남이 시작되었는지
인연의 시작점은 알 수가 없지 않나

우주의 저 끝에서 이 방향으로 걸어온 너와
우주의 저 끝에서 이 방향으로 걸어온 나는
어디서 구했는지 누가 만들었는지 알 수도 없는
달빛 모양의 등을 밝혀놓고
꽃 같은 분화구를 통해 희미하게 빛을 뿜는
너의 마음과 마주 앉아 공연히

왜 하필 저 달은 자궁의 형상이야
너는 꽃 모양 분화구에서 나오고 있는데
나는 그 분화구로 빨려 들어가고 있잖아

인연이란 한 방향인지 양방향인지
분화구들은 서로 통해 있는지
우리가 끝내 어느 점에서 멀어져 갈 지
굴 속 같은 분화구 속에서 희미한 빛으로 녹아 너의 출구를

찾아 헤매다
　차라리 자유가 되어 밖으로 나왔다

　왜 하필 달 모양 등이야
　그 안에선 너무 어두워 너를 찾을 수가 없잖아

수도원으로의 초대

아주 오래된 수도원에서
낡은 찻잔에 담긴 커피를 마시다가
금장이 사라진 찻잔의 기품에
포옥 주저앉듯 매료되었다

세월의 풍화는 언제나
화려함을 마모시키지만
색채를 걷어내면 드러나는
당당함은 어디서 오는 걸까

수도원을 둘러싼 느릅나무는
무성한 이파리를 걷어낸 계절에
늠름한 모양
죽음도 두렵지 않은
삶으로 거듭나고

젊음은 영화로우나 시들고
시들어서 짙어지는 향기엔

늙은 수도자의 패인 미소처럼
가난한 기품이 깃든다

끼니마다 닦아대어
금장을 지워내는 아픔처럼
삶도
깊고 외로운 슬픔
그 어둠 안에 홀로 서면

번민도 소멸도 없는
당당함이 남는 걸까
소박한 찻잔의 위엄 있는 다정함
그 온기가 짙은 커피처럼

요양병원 죽그릇

하루종일 밥 달라고 소리를 지르는 할머니
밥 벌써 드셨어 아니 나 한 끼도 안 먹었어
나 일찍 죽으라고 밥 안 주는 나쁜 년
똥 많이 눌까봐 밥 안 주는 나쁜 년

하루종일 죽그릇을 둘러싼 진실게임
죽그릇은 치우고 없으니 진실은 알 길이 없다
할머니가 배가 고픈 것이 진실인지
밥을 먹었다는 사실을 잊은 것이 진실인지
그보다 진실로 진실은 중요한지
퀴퀴한 군내를 진실이라 말해야 하는 건지
삶을 통째로 잊어버린 김 여사를 김 여사라 말할 수가 있는
건지
말을 하면 생각하는 건지 밥을 먹으면 살아있는 건지
진실로 존재한다는 것은 무엇인지
기억은 존재인지 존재는 환영인지

그 순간 실존에 대한 이 거창한 질문들보다 더 어려운 질문이

떨어진다

어머니, 저 왔어요
아이고, 아버지, 이제 오셨어요,
사탕은 사오셨나요

어쩌면 죽그릇은 비워졌을까

제 5 부

흐르는 나무

나무도 물이 흘러 가지를 뻗는구나
가지 사이에 바람을 가두어 밤마다
우웅우웅 나지막이 우는구나

가지를 어디로 뻗으란 법이 없다
물이 흐르는 방향이 따로 있지 않듯
바람을 피하며 햇빛을 맞으며
제각기 뻗어 제멋대로 생긴 공간

나무들은 모두 다른 소리로 운다
시작과 끝을 모를 타래 같은 핏줄 뭉치
터진 핏줄 사이를 채워 달래는 울음
그것은 세월을 보내며 달라져간 너와 나의 모양새
잦은 바람 속을 흐르는 너와 나의 다른 기억

개미 하나 개미 둘

개미 하나 개미 둘 줄지어 간다
사람이 개미 같은 걸 돌아볼 사이가 없다
사람이 사람답게 걸어가다 보면
개미 몇 마리 밟혀 죽거나 나동그라지거나
모르고 준 상처는 사과도 용서도 없는 법
아아 개미들이 속절없는 기도를 한다

개미들의 기도가 사람에게 닿기나 하겠는가
가슴 속으로 파고드는 절절한 기도가 아우성치며 퍼져나가
는 곳
무한히 넓은 공간을 가르는 나의 기도는 어디로 흩어져
나의 고통과 상처, 속절없는 이별이 나의 기도를 듣지 못한
그의 실수인지 무지인지
모르고 준 상처는 사과도 용서도 없는 법

까치발로 걷기로 했다
개미들의 기도를 들을 수 없으니 이렇게라도 하여야
알지 못하는 잘못에 대한 속죄가 되려나

까치발로 다니는 괴상한 몸짓이라도
아연할지언정 그의 눈에 띄었으면 좋겠다
이 몸짓이 나의 용서와 화해임을 그에게 알리고 싶다

가을답지 않게

하루 종일 어두운 날이다
태풍이 지난다고 했지만
하늘을 적시는 비는 드문드문
서늘하다고 가을이겠는가

호젓하나 외롭지 않고
허전하나 그립지 않은
덤덤함을 딛고 우두커니
성전 같은 고요를 삼키다

깊은 물 속 고래가 내 속에서
뿌우뿌우 낮은 울음을 울었다
뜻을 알 수 없는 소리에
안식같이 주저앉았다

깊은 물은 요동치지 않는다
익어버린 슬픔이라면
가을을 살아내겠다
가을답지 않게 그렇게 평온하게

문상問喪

눈물 많지 않은 상가를 나오며
나보다 덜 아픈 이별을 샘내본다

오래도록 아팠기에
너무 많이 아팠기에
수월하게 치러내는 이별이라고
망자는 눈물 없이 해방되었나

조금씩 말려가며 흘렸을 눈물이
한꺼번에 쏟아지는 통곡보다 나을 것도 없겠지만
이별 후의 서러움이란 결국
깊은 구렁 같은 외로움

안개처럼 내리울 허망한 그리움은
허공을 맴도는 혼령인 양 매운 향내에
눈물 찔끔 보이며 손을 휘저어
아무개 복復복 복
그의 이름을 불러나 본다
영원한 이별 앞에 그리 다름이 있겠나

삶은 고기를 먹자구?

굳이 싫어하는 음식을 들라면 삶은 고기라 하겠다
하필 그날 너는 삶은 고기를 먹자구
김이 펄펄 나는 고기냄새를 나누자는데
그 뜨듯한 국물같은 네 눈빛을 쌀쌀맞게 내치면서
왜 하필 삶은 고기야 도리질을 치며 길을 건넜다

수렵인 남자는 사냥을 나가고 여자는 무엇을 했나
사냥한 동물을 메고 온 남자는 석양의 이미지였나
여자의 주방은 물을 끓여 삶고 남자의 고기는 구워졌을 거라
는 상상
남자는 제 용맹의 흔적을 구워 제사를 지냈을까
하늘에 연기를 올려 용자의 위치를 알렸나
그렇다면 삶은 고기는 왜 여자의 이미지일까

물을 끓이는 여자의 속이 끓는다 기다림의 피를 쏟는다
여자의 몸에서 나오는 건 무엇이건 뜨듯하다 끓이다 내놓는
것은 내내 아픈 것이다
하필 외과수술을 돕는 자리 환자의 배를 여는 순간 나를 어

지럽힌 뜨듯한 냄새
  아프고 아파서 덥혀진 그 냄새 같은 거

  먹더라도 제祭를 지내자 고기 한 점을 구워 입에 넣었다
  우리는 천 번 제를 지내 연기를 피우고 술잔을 올려 소망을
빌었지만
  왜 삶은 고기냐며 눈 흘겼던 내가 몹시도 아팠던 어느 날에
  이불 속에서 기어나와 낫자고 먹었던 음식이란
  네가 끓여준 삶은 고기
  국물마저 진하고 뜨듯한 그 아픔이었다

무의미의 축제[*]

한 사람을 만나는 일이란 무겁거나 혹은 가벼운, 하나의 세계를 들이는 일이라고 생각했는데

손을 들어 인사를 할 새도 없이 손가락 사이를 빠져나가는 바닷물 같이 그저 미끄러져 사라질 수 있다면

그 세계는 다만 하찮고 가벼운 농담이거나 악의 없는 거짓말

아무 뜻 없는 막춤 같은 것의 경연장 혹은 축제의 하룻밤이겠지

이런 일에 의미를 두는 사람을 바보라 한다면 그 또한 몹쓸 짓이지만

화려하지 않아도 좋을 밥상 춤추지 않아도 좋을 식사 일상을 깨우는 눈맞춤

나는 그런 걸 원해 그렇게 말하는 소녀의 손을 잡고 우리가 다만 함께 있어 라고 말함으로써

침대 위를 뒹구는 콘돔 같이 무의미한 세상의 무릇 만남이라는 거 그게 본질이라고 외치는 저 참혹한 거짓말에 우리가 저항할 수는 없을까

너는 내게 소중한 친구였으면 좋겠어 축제가 아닌 일상이었으면 좋겠어 나는 춤을 출 줄 몰라 이런 말들도 이 의미 없는 축

제의 한 부분이어야 한다고 네가 말하면

　나도 의미 없는 춤을 배우며 절룩거리는 다리를 끌고 축제의 복판에 들어가 다만 진심이라는 마지막 눈물을 떨구는 것으로 이 세기 사랑의 종지부를 찍게 되겠지

　보잘 것 없는 것을 사랑할 줄 몰라서 사랑은 꽃을 피우고 지는 것이라 지는 꽃잎을 청소할 일이 두렵다면 도망쳐야 한다고 생각했던 사람들은 이제 모여서 이런 의미 없는 막춤을 추는 벌을 서고 있는지도 모를 일, 그래도 이걸 축제라 하겠지만

* 무의미의 축제 : 밀란 쿤데라(1929~)의 소설명.

사막의 바람

바람은 내 속에서 일어나 땅 속 같은 먼지를 불어 제끼고 사그라져 숨었다
이따금 한바탕 소용돌이를 쳤다
먼지가 자욱한 기억의 사막에 서서
두 손을 귀에 모아대고 듣고자 한 소리는 동물의 눈물 같은 아련함 혹은 애잔함

사막의 동물처럼 앙상한 뼈를 드러낸 나의 감성은 퀭한 눈알을 굴리며 있지도 않은 먹이를 찾는 비루함 같은 거
사라진 것들을 부르는 소리는 언제나 구슬프다 빈 것을 불러 바람을 만든다 그런 바람은 소리가 없으며 매양 갇혀 있는 것이다

윙윙윙 내 기억 속의 네 소리는
윙윙윙 신음 같은 바람 소리는
우리는 친구라고 나를 사랑한다고

그건 네 말이다

휘어이 휘어이 바람이 사막에 갇혔다고
바람은 이곳을 빠져나갈 수가 없다고
죽는 날까지 눈물로 사막을 적시겠다고
사막의 동물은 죽지 못해 살고 살지 못해 죽는다고

그건 네 말이다

어찌하여 네 말은 내 말이 되지 못하고
내 말은 네 말이 되지 못하고
독백 아닌 독백은 사막에 갇혀 소용돌이 바람이 되어 종이 한
조각 남지 않은 모래 위를 쓸고 또 쓸고 의미 없는 시간의 의미
를 찾아 까슬한 모래 위를 달리고 또 달리고

멀리 사막의 동물은 외로움을 베고 누워 꿈도 없는 잠을 별처
럼 잔다

호우주의보

땅에 물길이 있는 것처럼 하늘에도 물길이 있다고
물이 가는 길에 보가 터져 그만 물이 쏟아져 내리겠다고

하늘이 어둑해지면서 구름이 드리운 오후
철 지난 나른한 음악을 깨우며 남자는 호우주의보를 전하고
좌판이 일시에 사라진 거리를 황황히 지나는 차들의 위협스
런 불빛

하늘이 열려 물벼락이 친다
물이 떨어져 다리가 잠긴다 차들이 헤엄을 친다
지붕이 떨어져 잠긴다 새들은 물길 위로 날아갔나
하늘이 물이 되고 물이 땅이 되는 지상의 연옥

물 위를 걷는 나는 차츰 잠겨든다
빗물이 몸 속으로 스며들어 내 영혼의 저수지는 만수인가
피할 데 없어 흠뻑 젖으면 두려움 없이 뛰어들 수 있으려나

큰 비가 온다고 했다

이제껏 보지 못한 큰 비가 온다고 했다
슬퍼도 맞아야 할 큰 비가 온다고 분명히 예고했다

구멍

무엇이 들었는지 알 길이 없는
좁고 깊은 구멍이 있다
심장은 심장이 되고 혈관은 혈관이 되어
피가 돌고 도는 동안
모든 내 몸이 성장을 하던 그 시간에
성장의 대열을 피해 남은 알 수 없는 구멍
그 안에서 메아리치는 형체도 없는 아우성

간혹 그곳의 소리를 듣는다면
그건 아이 같은 웃음
부끄러움 모를 손짓 같은 것
저 바닷속 검은 심연의 고동소리 같은
비릿한 원시의 바람이
천진하디 천진한 고막을 두드려 북소리를 낸다

그곳은 내 원시적 생명이 남은 곳
모체의 내음이 남고 태혈의 흔적이 남은
그리하여 무엇이든 탄생시킬 수 있는 산도이며

그리고 내가 누구인지 언젠가 내게 소리쳐 알려줄 나의 원천

그곳을 흐르는 눈물의 강
왜 나는 슬픔을 남기고 성장했는가
성장을 멈춘 구멍을 채우는
내 어머니의 어머니의 그 어머니의 어머니의 그 끝없는 어머니
의 사랑
자라지 못해 어린 구멍이 가장 오래된 태고의 메아리를 품
었다

모두가 산이 될 때 산이 되지 못한
깊은 구멍이 있다
산이 높을수록 동굴은 깊고 어둡다
그리고 그 동굴에선 매일밤 공룡이 표호하고 매머드가 걸어
나온다
둥둥둥 둥둥둥 둥둥둥
내 눈물샘을 밟는 소리

정리

비 온 뒤 하늘이 흐리다
왜 아픈지도 모를 가슴의 통증을
하루종일 꼭 쥐고 다녔다
더 이상 생각의 수면 위로
떠올려서는 안될 것들이 있다
그런 것들이 비 오는 날엔
여지 없이 꿈틀대며 살을 찢고
나오려 한다

나의 잘못과 나의 사랑과
나의 그리움과 나의 회한
그런 것들은 딱 목구멍까지다
목이 메어오는 느낌을 꾸역꾸역 삼키며
다시 밀어넣어야 한다
그러느라 애꿎은 눈물이 난다

다시 하늘이 갠다
생각에 자를 대고 줄을 긋는다

그건 언젠가 너와 나를 사이에 두고 그었던 금
기어이 넘어와 총을 맞은 아주 서러운 기억
밀려오는 내 역사를 통째로 줄 밖으로 밀어내려면
숨을 멈추고 온몸의 힘을 모아야 한다

그리고 가만히 일어나
허리를 세우고 계단을 세며 오를 일이다
나는 사십칠 년을 살았다
나는 일만칠천 백오십오 일을 살았다
나는 모든 슬픔을 홀로 지나와 개인 날과 흐린 날과 그리고
비오거나 안개낀 날을 살아내었다

방에 들어온 나는 이런 모든 기억들을 서랍에 넣는다

허멍고사우르스의 최후

엄마 엄마
어린이는 침대를 기어오른다
아휴 이 예쁜 어린이는 어디서 오셨어요
엄마 뱃속에서 뿅하고 나왔어요
아휴 그럼 왜 그렇게 늦게 나오셨어요
이렇게 예쁘게 하고 나오느라 그랬어요
아흥
아악
까르르
허멍고사우르스는 어린이를 붙잡고
어린이는 발버둥치고
아흥
아악
까르르
제일로 맛난 발을 앙 물다가
으윽
끄윽
탕 하고 쓰러진다

어린이의 발냄새에 사망한 허멍고사우르스

이튿날에도 어린이는 침대를 오른다
허멍고사우르스는 잠든 척 모로 눕는다
엄마 엄마
내 발을 먹어도 돼요⋯
아흥
아악
까르르
다시 살아난 허멍고사우르스

허멍고사우르스는 천년이 넘도록 죽지 않는다

위안

고통의 날들이 심장을 파고들어
박동치듯 나를 내몰았으나
이제 혈관을 타고 수면을 유영하듯
평온과 안식이 흐른다

기억의 뒤안에 자리한 검푸른 물과
그 위로 감싸듯 쏟아지는 달빛
아아 그 따스한
달빛에 안겨 비로소 내쉬는 나의 탄식은
이제 바람이 되어 나를 부르니

오늘 나는 나에게 손을 내밀어
화해를 청하고
나를 안아 누이며 잠을 재울 것이다
반짝이는 물 위에 나를 뉘어
마침내 바다를 만나는 꿈을 꾸리라

존재와 부재의 경계가 빛는
소통의 시학

박 해 림

(시인)

존재와 부재의 경계가 빚는
소통의 시학

박 해 림
(시인)

　'우리의 현존은 부재와의 대응을 통해서만 인식될 수 있다.'
는 어느 시인의 말은 '우리들의 의식이 잠 깰 때, 사람이 달라
진다, 한 편의 시작품에서 얻는 감동이 우리들의 삶을 바꿔 놓
을 수 있다.' 라고 속삭이는 바슐라르의 말과 상통한다. 시가
가진 힘, 즉 시를 통해 존재를 자각하는 방식에 있어 '시의 주
된 기능은 우리를 변화시키는 것' 에 있다는 것을 의미하기 때

문이다. 그것은 '시인은 화가나 다른 모상작가(模像作家)와 마찬가지로 모방자이므로, 사물이 과거나 현재에 처하고 있는 상태를 모방하거나, 혹은 사물이 과거나 현재에 처하고 있다고 말하여지거나 생각되는 상태를 모방하거나 혹은 사물이 마땅히 처하여야 할 상태를 모방하지 않을 수 없다'라고 한 아리스토텔레스의 다소 긴 말과 함께 이해되어도 무리가 없을 듯하다. 이는 시를 안다는 말과 시를 쓴다는 말이 전혀 다른 말 같으면서 전혀 다르지 않은 말이라는 것, 누구나 시를 쓸 수 있지만 아무나 시인이 되지 못한다는 말과도 유사하다. 시를 안다는 것과 시를 쓴다는 것은 사실 다른 말이다. 시를 안다고 다 시를 쓸 수 없으며 시를 쓴다고 해서 모두 시인은 아니라는 말이다. 그것은 시는 누구나 쓸 수 있고 시인도 될 수 있지만 '변화' 즉 시를 통해 우리의 삶이 바뀌지 않는다면 현존에 대한 자각과 통찰을 기대하기 어려울 뿐 아니라, 타인에게 보이기 위한 치장이나 그럴듯한 무늬에 불과할 수도 있다는 말이기 때문이다.

1.

박영미 시인의 첫 시집 『여름이 가도 나는 너를 잊지 못한다』는 치열한 습작을 통해 일구어낸 그녀만의 개성적인 시 시계.

시적 자아의 현존과 부재와의 대립과 갈등을 통해 이전의 삶과 현재적 삶의 충돌을 여과 없이 보여준다. 있음과 없음의 경계에 든 소통의 미학을 보여준다. 우주 어딘가에 내던져진 '나'를 찾아 때로는 사막을 때로는 들판을, 때로는 과거로 회귀하기도 한다. 휘황한 도시의 한복판에서, 막 시작한 계절의 한 가운데서, 불타오르는 청춘의 한때를 향해 마구 돌진하기도 한다. 슬픔과 비애, 눈물과 상실의 현실은 늘 그렇듯 현재진행형이기도 하고 아득히 먼 과거의 일이기도 하여서 작열하는 태양 아래 내던져진 자아는 휘청거리기도 하지만 곧 삶의 열정에 마음을 활짝 열어젖히는 해맑음을 보이기도 하는 것이다. 시를 통해 존재를 자각하는 시인은 누구보다 씩씩하고 건강한, 올곧게 또한 착실하게 세상의 그 어떤 장애물도 뛰어넘는 강렬한 에너지를 가졌다. 그러나 어느 순간 그것이 진짜가 아닐 수 있다는 것을 감각 한다. 내면에 웅크린, 살아 꿈틀거리는 타자성에 놓인 자아를 확인하는 것이다.

봄이 떠났다

춤추듯 다가와 대지를 흔들고
마음을 헤집어 꽃물을 들여대며
뛰어나와 사랑춤을 추라 속살거리던
철없고도 철없던 아해가 속절없이 사라지고 없다

심장에 덕지덕지 꽃잎을 발라도
구멍을 메꿀 수가 없다
꽃잎은 저희들끼리 엉겨 붙어
이제 꽃도 되지 못하는 그것들끼리 말라붙어 심장을 꼬집듯이
당긴다

꽃잎은 다만 쌓이고 말라간다
현관을 타고 온몸으로 마른 것들이 비실거리며 움직여가고
팔과 다리는 오그라들 것처럼 저려온다
마침내 꽃잎이 눈물에 녹아 흘러나올 때

뿌옇게 흐려오는 눈으로
날아오르는 꽃씨들을 바라보다
갑자기 내 몸은 가벼이 꽃씨가 되어
어딘지 모를 곳으로 날아간다

봄은 떠나고 나도 떠났다

　　　　　　　　　　— 「봄이 떠났다」 전문

　누구에게나 상실은 메꿀 수 없는 커다란 공허다. 시인은 채
울 수 없는, 끊임없이 빨아당기기만 하는 바닥 모를 허기의 욕
망 그 자체에 내몰렸다. 욕망이난망(欲忘而難忘)이다. 단지 잊

을 수 있다면, 한번 간 봄이 다시 올 수 있다면, 이렇게 난감하지 않을 것이다. 활짝 꽃피었던 세상은 한순간 상실 속에 함몰되었다. '철없고도 철없던 아해가 속절없이 사라지고 없는', 그래서 '심장에 덕지덕지 꽃잎을 발라도/ 구멍을 메꿀 수가 없'다. 부재는 이렇듯 세상의 모든 꽃잎을 '눈물에 녹아 흘러나'오게 한다. '더워서 지친다고 자리를 펴고 모로 누웠지만/ 여름이 와서가 아니라 봄이 갔기 때문이었다'(「초여름」부분)에서도 상실을 거듭 확인할 수 있다. 그것은 속절 없는 자책으로도 이어져서 시적 자아는 스스로를 마구 할퀴고 있다. '빛이 들지 않는 방 자욱이 음습한 상처/ 문을 열어라 그 문을 열어라/ 문은 오히려 꽁꽁 닫아걸며/ 아프다고 아프다고 모른 척하라고/ 아프므로 아프므로 모른 척 하라고/ (…) 의사가 되어 첫 환자의 죽음을 맥없이 지켜보던/ 그토록 아프고도 허망하던 기억 (…) 아프기 때문에 환부의 고름을 짜줄 수도 없는/ 그런 백수돌팔이'라고 스스로를 질책하고 사정없이 벼랑 끝으로 몰아넣는다. '아아 불행한 사람은 영영 불행하려나'(「검은 방에 빛이 들지 않는다」부분)라는 탄식은 상실을 넘어 세상 모든 상처로부터 도망치고 싶은 욕망의 또 다른 슬픔의 암묵적 재생산에 슬쩍 기대게 한다. 수렁과도 같은 상실과 슬픔의 무게에 짓눌리면서도 시적 자아는 벗어나고자 온 힘을 기울이고 있음도 알겠다.

163

나뭇잎이 너처럼 재잘대더라

쪼끄맣고 예쁘디 예쁜

손가락 같은 팔랑임

얕은 바람에도 쌔액 쌕

눈망울은 빼꼼

그렇게 올라온 새싹 하나 둘 셋

꽃은 하얗게 피어 깔깔거린다

콧물을 닦아대며 재재거린다

너처럼

예쁜 봄이다

아기야

네가 왔구나

— 「봄 · 1」 전문

자작나무 바람에 피리소리 나면 웃어대거나

갈참나무 이파리 모아 바람에 날리며 뛰어놀거나

구름에 올라 이 산에서 저 산으로 날아

꽃 피면 꽃바람 타고 하루가 저무는지 모르고

밤에는 부엉이가 울어주니 외롭고 무섭지는 않겠는지
밤은 길지 않아 새벽이면 이슬도 찾아와
엄마 없는 산어귀에서 긴 잠을 자기도 하는지
산나무랑 들꽃이랑 어린 짐승들아 벗을 해다오
내 그곳에 갈 때까지만 어여쁜 산아이를 품어주어
간지럼도 태우고 입맞춤도 해주고 오래오래 이야기를 나누어
주렴
친구 제일 좋아하던 장난꾸러기
산이 좋아 산으로 간 그리운 아이

　　　　　　　　—「산에 사는 아이」 전문

이별한다는 건
대개 어디 먼 곳으로 가는 일이 아니라
살던 곳으로 다시 돌아오는 일이다
(……)

　　　　　　　　—「다시 돌아가는 길」 부분

　사라졌던 것들이/ 돌아오고 있다/ 긴 기다림의 상흔에/ 온통
간지러운 새살이 돋는다(……)(「봄날」부분)을 통해 환희의 봄
을 만난다. '나뭇잎이 너처럼 재잘대더라…꽃은 하얗게 피어

깔깔거린다/ 콧물을 닦아내며 재재거린다…너처럼/ 예쁜 봄이다/ 아기야(「봄·1」 부분)'에서는 혹한을 견뎌낸 연초록의 나무를 보면서 환희에 들뜬 시인을 만난다. 봄의 존재가 그렇다. 사철이 뚜렷한 우리나라의 계절은 계절마다 상승과 하강의 곡선을 교차하며 우리를 설레게 한다. 하지만 시인은 단순히 '봄'을 예찬하는 것이 아니다. 시인의 내적 세계의 그늘이 드리워져 있음을 보여주기 때문이다. '나뭇잎이 너처럼 재잘대더라'와 '너처럼/ 예쁜 봄이다/ 아기야/ 네가 왔구나'의 '너'는 상실과 허무와 그리움이 한데 버무린 대상임이라는 것을 금세 눈치챌 수 있다. 자연의 변화 속에서 그 속에 함몰되어 물아일체(物我一體)를 노래하다가, 어느 순간 현실에서 꼭 만나야 하는 대상과 마주하고 있는 모습을 발견한다. 귀엽고 앙징스러운 아기를 마주한 어른이 두 팔 벌리고 안고 싶어 어쩔 줄 몰라 행복해하는 모습이다. 연초록의 봄이 그렇듯, 「산에 사는 아이」에 이르러서 시인의 깊은 그늘은 존재의 부재, 그것이 만들어낸 슬픔과 상처가 만져진다. 아직은 한창 젊은 가까운 이를 잃은 후, 새 생명이 피어나는 봄은 단순한 봄이 아니라는 것이다. 대상을 떠올리면 떠올릴수록 강도는 세진다. '밤에는 부엉이가 울어주니 외롭고 무섭지는 않겠는지…산나무랑 들꽃이랑 어린 짐승들아 벗을 해다오/ 내가 그곳으로 갈 때까지만 어여쁜 산아이를 품어주어/ 간지럼도 태우고…산이 좋아 산으로 간 그리운 아이(「산에 사는 아이」부분)'에서 시적 자아의 상실과 허무와 안타까움 그리고 어찌할 수 없는 그리움의 명료함을 확인할 수 있다.

　여름은 힘든 시간이었다
　만물이 제 생명의 가장 예쁘고 잘난 것을 내놓아 태양빛 희열을 드러낼수록
　나는 그늘을 찾아들며 자라지 못하고 꺾여버린 애잔한 어린 것들을 기억하려 애썼다
　(······)

　여름이 지난다고 잊어버린 노래를 부르겠는가
　가을볕이라고 너의 기억을 내려놓고 무심히 풀섶을 지나치겠는가
　여름이 가도 눈물은 마르지 않는다

　여름은 가도 나는 너를 잊지 못한다

　　　　　　　　　　─「여름은 가도」 부분

새로운 시간, 새로운 계절은 쉼 없이 시적 자아의 세계를 위협한다. 여름의 한 가운데서 '만물이 제 생명의 가장 예쁘고 잘

난 것을 내놓아 태양빛 희열을 드러낼수록/ 나는 그늘을 찾아들며 자라지 못하고 꺾여버린 애잔한 어린 것들을 기억하려 애썼다'라고 상처투성이의 내면과 마주한다. 열정의 계절이면서 시련의 계절이기도 한, 내게 온 여름을 맞이하고 보낸다는 것은 '햇볕을 피해 기어이 땅속으로 기어드는 작은 벌레의 웅숭그림, 침묵이라는 자존심으로 슬픔을 무장하는 그리움'을 온전히 받아내고 견뎌내어야 한다는 말과 다름없다. 숱한 시간을 함께했던 한 존재를 갑자기 떠나보내고 난 후의 시간은 '지울 수 없는 기억'과 '마르지 않는 눈물'과 '잊을 수 없음'에 대한 반복적 확인이다. 존재와 부재의 간격을 좁힐 수 없을 뿐만 아니라, 어찌할 수 없는 막막함에 내몰린 침잠의 현실이 되었다.

2.

순금이 엄마는 초등학교 3학년 때 돌아가셨다.
(……)

새엄마가 낳은 동생을 업은 순금이를 마주친 날
순금이가 황소같은 눈으로 어색한 내 눈을 들여다보며
그때 네 말을 기억해 모든 사람은 언젠가 엄마를 잃는다구
다만 나는 조금 일찍 잃은 것뿐이라고
내가 그런 말을 했던가 부끄러운 생각에 난 아무 말도 못하고

그 낯선 아기의 손만 만지작거렸다.

> 순금이를 못 보고 삼십 년이 흐르는 새
> 나는 순금이처럼 엄마를 잃었고
> (……)
>
> 그때 네 말을 기억해 모든 사람은 언젠가 엄마를 잃는다구
> 다만 나는 조금 일찍 잃은 것뿐이라고
> (……)

—「슬픔에의 공감」 부분

박영미 시인의 시에서 반복된 '존재'와 '부재' 그리고 '상실'에 관한 상황은 시인이 감당하기 힘든 기억을 전제로 작동한다. 그 기억은 특별한 공간에서 특별한 언어의 환기를 빚으며 다음 공간의 이행을 위한 새로운 전제를 갖는다. 아주 어린 날에 어머니를 잃은 '순금이'는 고작 열 살 정도의 어린애가 감당하기는 너무나 벅찬 상실과 이별의 경험이 시공간을 뛰어넘어 지금 내 앞에서 멈추지 못한 태엽으로 작동한다. 한 어린 친구가 또 다른 한 어린 친구에게 '모든 사람은 언젠가 엄마를 잃는다구' 하며 어른스럽게 말했다. 머릿속으로 알던 말을 했을 것이나, 그것을 상기하는 순간, '나는 왜 그때 순금이가 조용히

사라져갔는지/ 왜 그때 우리가 만나지 못했는지' 곧 깨닫는 자신을 확인한다. '내가 그런 말을 했던가 부끄러운 생각'을 하면서 그때의 그 친구의 아픔을 아득히 잊고 있었다는 것을 깨닫는다. 어른이 된 나의 현실에서 한순간 도달한 그때의 상황은 이제 나의 상황이 되었고 기억 저편의 슬픔은 나의 슬픔이 되었다. 과거에 존재했던 타자의 슬픔을 비로소 직시하고 환기하는 시적 자아의 슬픔이 풍선처럼 부풀어 올라 견디기 어려운 현실이 되어 여지없이 무너지고 만 것은 바로 이 때문이다.

어머니는 떠나시기 전
십 년만 더 주어지면 좋겠다고
말씀하셨다

어머니를 눈물로 보낸 나는
입을 앙다물고
십 년아 제발 어서 가라
바쁜 세월을 재촉했다

십 년이 지나면 후련해질 줄 알았는데
십 년이 지나도
변한 것이 없다
(……)

그리움은 언제나 그 자리
도로 십 년을 세고
십 년을 또 세어서
내가 내 어머니 가시던 나이가 되어도

후련하지 않을 이 서러움
다만
기억 속의 어머니는 늙지 않는다는 위안 뿐

— 「십 년이 지나면」 부분

　앞의 시의 연장인 이 시는 어머니를 보내야만 했던 시인의 참담한 마음이 고스란히 드러난다. 더도 덜도 말고 '십 년'의 시간만 원한 '어머니=자식'의 간절함이 시 전편에 가감 없이 드러나 있다. 어머니가 아직은 한참 더 살아계셔야 할 나이라는 것을 짐작할 수 있는데 '십 년만 더 주어지면 좋겠다'라고 말씀하신 병환 중의 어머니. 이 소망을 너무나 잘 알고 있는 시적 자아의 망연자실함. 말할 수 없는 슬픔과 안타까움이 스며있는 간절한 어머니의 소망은, 어서 그 세월이 가기를 바라는 자식의 간절한 소망이 되어 '십 년아 제발 어서 가라'라는 몸부림 같은, 어찌할 수 없는 탄식의 마디로 응대하고 있음을 알 수 있다. 어머니의 빈 자리를 대신할 수 있는 그 무엇이 어디에도 없다는 것은 너무나 자명한 사실이기에 그럼에도 불구하고 말씀하신 '십 년이 지나면 후련해질 줄 알았는데/ 십 년이 지나도/ 변한 것이 없다'는 허망하고 허탈을 해야만 하는 현실이 서럽다. '그리움은 언제나 그 자리/ 도로 십 년을 세고/ 십 년을 또 세어서. 내가 내 어머니 가시던 나이가 되어도' 십 년의 시간만큼 닳지 않는 십 년은 계속 쳇바퀴를 돌며 시적 자아를 얽어매고 있는 것이다. '후련하지 않을 이 서러움/ 다만/ 기억 속의 어머니는 늙지 않는다는 위안 뿐'이라고 간신히 핑계 같은 위안을 찾아낸다. '시간을 거꾸로 돌리는 상상을 하는 날이 있다 어제를 살고 그제를 살고 그그제를 살고 (「상상」 부분)'에서 확인할 수 있는 것처럼 시적 자아는 스스로를 다독이며 새로운 위안을 불러내고 있다.

3.

"사라진 그러나 존재하는"의 제목을 가진 '시인의 말'에서 박영미 시인은 하고 싶은 말이, 억누를 수 없는 바닥 저 깊은 곳의 속삭임이, 바람에 흔들리는 수많은 나뭇잎처럼 쏟아내고 싶은 것들이, 되돌리고 싶은 것들이, 고치고 싶은 것들이, 아니라고 외치고 싶은 것이 너무 많아 시를 쓰게 되었다는 것을 한눈에 알 수 있다. 이는 이 세상의 수많은 시인이 갖는 자문자답

격인 '나는 왜 시인이 되었는가?'의 보편적인 배경과 하나 다르지 않다. 감성과 이성의 적절한 거리를 유지하면서 써 내려간, '사라진 것들에 대한 그리움은 표현해내지 못한 슬픔이 되어 마음속에 쌓여갔다. 마음속에 말들이 있는 줄 모르고 살다가 어느 날 그 말들을 꺼내놓고는 시라고 이름 지었다. 나는 매일 사라진 것들의 이름을 부르면서 어딘가에 존재하고 내 마음속에 살아 있는 그들을 만나려 한다.'에서 앞으로도 쭉 시를 쓰겠다는 분명한 의지는 의심할 여지는 없다. 그뿐만 아니라 단호한 의지와 예사롭지 않은 시적 에너지가 늘 살아 꿈틀거리며 시적 자아의 내부에서 사막의 열풍처럼 회오리치고 있다는 것도 알겠다.

1.
내 시를 잘 들어봐
나는 슬픔을 이야기해
가만히 제 자리에 섰는 그런 슬픔

아니 아니 난 슬픔을 읽을 수가 없어
너는 슬픔을 써넣지 않았어
어디에 슬픔이 있다는 거지?

보이지 않는 곳에 있어

보이지 않는 걸 어떻게 보라고 해
빈 곳을 채우면 되잖아
(……)

2.
태胎항아리라는 걸 본 기억이 있어
태를 씻고 씻어
기름종이를 덮고 실로 묶어서
고이 묻거나
(……)

3.
공터에 모이면
계집아이들은 쪼그려 앉아 땅을 따먹고
사내아이들은 공을 차곤 했는데

저녁이면 밥 먹으라는 소리에
누가 먼저랄 것도 없이
사라지고
빈 공터에서 불어오는
한데 엉긴 아이들의 목소리 같은 바람소리

언제부턴가 나는
말이 없는 말을 하고

(……)

나는 애써 말을 기억해 보지만
(……)

빈 곳에서 온 것은
그저 바람이라 한다네

— 「빈 곳에서 불어오는 바람」 부분

'내 시를 잘 들어봐'로 시작하는 이 시는 끝말잇기처럼 언어적 유희와도 같은 분위기를 흥미롭게 만들어간다. 통상 시는 눈으로 읽는 것이다. 소리 내어 듣는 것은 그다음의 것이다. 시인이 굳이 '내 시를 잘 들어봐'로 말한 것은 수동적 행위인 눈을 건너뛰어 능동적 반응으로 곧장 달려가고 싶은, 반드시 소리로 들어야만 하는 당위를 말하고 싶어서다. '1'에서 '슬픔'이란 명제를 중심으로 곧장 독자에게 뛰어 들어가서 내 슬픔을 이야기하고 싶은데 '아니 아니 난 슬픔을 읽을 수가 없어/ 너는 슬픔을 써넣지 않았어/ 어디에 슬픔이 있다는 거지'라고 되묻는 것을 차단하고 다음 순간, '보이지 않는 곳에 있어'라고 미리 알려준다. '아무것도 쓰지 않고/ 시를 썼다'는 자문자답의 형식으로 풀어낸다. 가만히 제자리에 서 있거나, 읽을 수 없

175

거나, 아예 써넣지 않았다거나, 한순간에 사라져버린 존재로 만들어버린다. 시적 자아는 어딘가에 있는데 그곳은 눈으로는 찾을 수 없는 그런 공간, '보이지 않는 곳'으로 독자를 이끌고 있다. '빈 곳을 채우는 행위= 벌거벗은 임금님'으로 설정해놓고는 '2'에서 그 빈 곳을 채우는, 구체화한 기억의, 내면적 사유의 흐름을 좇아가는 것으로 방향을 전환한다. 다시 '3'에서 구체적인 장소 '공터'를 통해 어린 시절 계집아이 사내아이들이 모여 놀이하는 공간을 찾아냄으로써 시의 생성의 시작점 중한 곳을 구체적으로 보여주는 것이다. 제목에서 암시한 것처럼 시적 자아는 사실 시를 생성케 한 근원을 '바람'에 두고 있다. 특히 '빈 곳'이라는 공간적 개념을 필수요건으로 만들어 생성과 소멸의 시작이자 끝이라는 것을 알게 한다. 시인에게 있어 그 공간은 매우 중요한 곳이다. 시적 자아의 삶의 궤적이, 정신이, 영혼이, 마음이, 인연과 대상의 독한 발자국, 심지어 사랑과 상처까지 온전히 모여있다는 것을 보여주고 싶다.

아주 오래된 수도원에서
낡은 찻잔에 담긴 커피를 마시다가
금장이 사라진 찻잔의 기품에
포옥 주저앉듯 매료되었다

세월의 풍화는 언제나

화려함을 마모시키지만
색채를 걷어내면 드러나는
당당함은 어디서 오는 걸까

수도원을 둘러싼 느릅나무는
무성한 이파리를 걷어낸 계절에
늠름한 모양
죽음도 두렵지 않은
삶으로 거듭나고

젊음은 영화로우나 시들고
시들어서 짙어지는 향기엔
늙은 수도자의 패인 미소처럼
가난한 기품이 깃든다

끼니마다 닦아내어
금장을 지워내는 아픔처럼
삶도
깊고 외로운 슬픔
그 어둠 안에 홀로 서면

번민도 소멸도 없는
당당함이 남는 걸까
소박한 찻잔의 위엄 있는 다정함

그 온기가 짙은 커피처럼

— 「수도원으로의 초대」 전문

시인의 신념이나 가치의 한 단면을 그려낸 이 시는 시적 자아가 추구하는 내면의 세계를 잔잔하게 보여준다. 영혼을 안쪽을 들여다보며 시간의 뒷면을 쓰다듬는 듯한 손길마저 느끼게 한다. 삶이란 늘 어디에 부딪혀서 되돌아오는 것이라고 해도 오래된 작은 '찻잔'을 통해 아름다운 시간의 풍화를 읽어내는 눈길이 매섭다. '아주 오래된 수도원에서/ 낡은 찻잔에 담긴 커피를 마시다가/ 금장이 사라진 찻잔의 기품에' 집중한다. '아주 오래된 수도원'은 시간이 그냥 지나간 곳은 아닐 것이다. 그 수도원의 찻잔 역시 함께 시간을 보냈을 것이다. '세월의 풍화는 언제나/ 화려함을 마모시키지만/ 색채를 걷어내며 드러나는 당당함은 어디서 오는 걸까'의 자문은 다음의 자답을 가져온다. '젊음은 영화로우나 시들고/ 시들어서 짙어지는 향기엔/ 늙은 수도자의 패인 미소처럼/ 가난한 기품이 깃든다'라고. 작은 것에서 생성과 소멸을 읽어내는 것은 대상의 이면에 깃든 주저 없는 시간을 읽어냈다는 것이다. 그 시간은 흐르고 흘러 '끼니마다 닦아대어/ 금장을 지워내는 아픔처럼/ 삶도/ 깊고 외로운 슬픔/ 그 어둠 안에 홀로 서'는 절박한 자신을 발견하게 한 것이다. '번민도 소멸도 없는/ 당당함'을 가진, 그 당당함으로 살고자 한 시적 자아의 소망이 '금장이 사라진 찻잔'에 투사하고 있음을 알 수 있다.

　박영미 시인의 시편을 읽으면서 세상에 존재하는 것은 부재를 가져온다는 것, 그 부재는 단지 부재로 소멸하는 것이 아니라, 자신의 내면을 일깨우며 변화를 향해 맹렬히 치닫는 것을 보여주었다. 그 부재는 단지 부재로 남지 않고 에너지화(化) 한다는 것을 구체적으로 보여주었다. 시가 가진 힘은 존재를 일깨우며 부재를 찾아내는 것이다. 그 부재는 다시 변화를 위한 존재가 될 때 클리셰가 아니게 되며 오히려 눈부시게 발휘한다. 치열한 삶이라고 그 결과까지 그래야 한다는 것은 아니겠지만 시인은 내면의 대립과 현실의 갈등을 소통의 미학을 통해 이전의 삶과 이후의 삶이 확연히 다르다는 것을 보여주었다. 이 시집을 시작으로 시인은 앞으로도 언제든지, 누구든지 삶의 내용이 바뀔 수 있다는 것을 기대하게 한다. 늘 새로운 꿈을 꾸고 있는 변화가 옆에 있는 한.

시와소금 시인선 112

여름은 가도 나는 너를 잊지 못한다

ⓒ박영미, 2020. printed in Seoul, Korea

초판 1쇄 인쇄 2020년 03월 15일
초판 1쇄 발행 2020년 03월 20일
지은이 박영미
펴낸이 임세한
펴낸곳 시와소금
디자인 유재미 정지은

출판등록 2014년 1월 28일 제424호
발행처 강원 춘천시 충혼길20번길 4, 1층 (우-24436)
편집실 서울시 중구 퇴계로50길 43-7 (우-04618)
전화 (033)251-1195(팩스겸용), 휴대폰 010-5211-1195
전자주소 sisogum@hanmail.net
ISBN 979-11-6325-009-8 03810

값 12,000원